# 不到最后·没有真相

欧洲十大犯罪推理小说作家作品系列

（冰岛）阿诺德·英德里达松

《沉默的墓地》*Silence of the Grave*

《罪夜》*Reykjavik Nights*

《瓮城谜案》*Jar City*

《诡异海岸》*Strange Shores*

《暴怒》*Outrage*

即将出版：

*Voices*

*The Draining Lake*

*Hypothermia*

*Black Skies*

*Arctic Chill*

# 暴 怒

[冰岛] 阿诺德 · 英德里达松　著
全哲君　译

OUTRAGE

新 华 出 版 社

**图书在版编目（CIP）数据**

暴怒 /（冰）阿诺德·英德里达松著；全哲君译. 北京：新华出版社, 2016.12
书名原文: Outrage
ISBN 978-7-5166-3062-4

Ⅰ. ①暴…　Ⅱ. ①阿…　②全…　Ⅲ. ①侦探小说－冰岛－现代
Ⅳ. ①I535.45

中国版本图书馆CIP数据核字（2017）第000494号

著作权合同登记号：01-2015-7183



**暴怒**

| | | | |
|---|---|---|---|
| **作　　者：** | [冰岛] 阿诺德·英德里达松 | **译　　者：** | 全哲君 |
| **选题策划：** | 黄绪国 | **责任印制：** | 廖成华 |
| **责任编辑：** | 李瑞瑞 | **封面设计：** | 臻美书装 |
| **出版发行：** | 新华出版社 | | |
| **地　　址：** | 北京石景山区京原路8号 | **邮　　编：** | 100040 |
| **网　　址：** | http://www.xinhuapub.com | | |
| **经　　销：** | 新华书店、新华出版社天猫旗舰店、京东旗舰店及各大网店 | | |
| **购书热线：** | 010－63077122 | **中国新闻书店购书热线：** | 010－63072012 |
| **照　　排：** | 臻美书装 | | |
| **印　　刷：** | 北京明恒达印务有限公司 | | |
| **成品尺寸：** | 148mm×210mm　1/32 | | |
| **印　　张：** | 8.75 | **字　　数：** | 197千字 |
| **版　　次：** | 2017年4月第一版 | **印　　次：** | 2017年4月第一次印刷 |
| **书　　号：** | ISBN　978-7-5166-3062-4 | | |
| **定　　价：** | 29.00元 | | |

# 1

他穿上黑色牛仔裤、白衬衫、舒适的夹克，还有那双已经穿了三年的皮鞋，心里想着一个女人曾提起过的市中心的那些地方。

他倒上两杯烈酒，边喝边看电视，等喝完再出发去市里。他不想太早出发——他不想有人看到他在空荡的酒吧里闲荡。最重要的是，他能够成功地混入人群中，和其他人一样不被注意到。无论如何，他都不想被人记住，不愿引人注目。或许在某个案件中，当有人问起他那晚的行踪时，他就说整晚都在家里看电视。如果一切按计划进行，没有人能在任一地点注意到他的存在。

时间差不多了。他喝完杯中酒，出发！他有些微醉。他从市中心的住宅出发，前往酒吧。市里好热闹，挤满了来度周末的嗜酒者。最受欢迎的地方排着长长的队伍，保安们正在秀肌肉，来者陆陆续续。街道上飘荡着音乐声，餐馆食物的香味夹杂着酒吧的酒香一同飘入街道。他鄙视那些醉鬼。

他只等了一会儿就进去了。这不是最时新的地方，但却一直都是最拥挤的地方。这很好！他一直留神观察着符合他品味的女孩和少妇：最好不要超过30岁，且不要完全清醒。如果她们只是喝了一点而不是太醉，那就刚刚好。

他尽量保持低调。他拍了拍夹克口袋，确定东西还在口袋里面。他在来的路上已经反复地确认了口袋之物还在。他知道自己是那种有神经质强迫症的人——反复确认门是否关上，钥匙是否忘带，咖啡机、加热板是否切断电源。他着魔地这样做——他曾在一本杂志里读到过一篇讲这种行为的文章，还读过一篇讲一天洗二十遍手的另一种强迫症的文章。

大部分人都喝半升啤酒，所以，他也叫了半升啤酒。酒吧侍者几乎都没看他一眼，他小心翼翼地用现金付账。他觉得这样更容易混入人群中。大部分顾客都和他年龄相仿，都是和朋友或者同事出来玩的。饮酒者提高嗓门说话，音乐几乎被盖过，嘈杂声震耳欲聋。他悠闲地环顾四周，观察着那群簇拥在一起的女人们。还有些女人是和男友或是和丈夫在一起。没有人是形单影只的。他没有喝完杯中酒就离开了。

在第三个这类场所，他认出了一个熟悉的身影——他猜她可能三十岁左右，而且好像是一个人来的。她坐在吸烟区的桌边，四周都是吸烟的人，但她好像不是和他们一起来的。他远远地看着她，她一边喝着玛格丽塔鸡尾酒，一边抽了两根烟。酒吧里人山人海，但是她身边那些吸烟的人似乎都不认识她。

两个男人走过去和她攀谈，她摇摇头，他们立即走开了。第三个男人走过去，她看上去似乎愿意搭讪了。

她面容姣好，有一头深褐色的秀发，身材健美，穿着一条漂亮的半身裙，短袖T恤，披着披肩。T恤上印着“圣弗朗西斯科”的英文字母，字母“F”旁印有一朵小花。

她刻意拒绝那些追求者的搭讪，他们生气地说了几句后就走开了。

他等她平复下来后，走过去和她搭讪。“你去过那里？”他问。她抬起头，没有认出他。

“去过圣弗朗西斯科？”他指着T恤说道。

她低头看了看胸前。

“哦，这里吗？”她问。

“它是座令人愉悦的城市！”他接着说，“有时间的话可以去玩一玩。”

她看着他，想着是否该像对待那些人一样聊几句就打发他离开。但之后，她似乎想起来之前见过他。

“那个地方很有意思！”他继续说，“在圣弗朗西斯科，有很多好玩的地方。”

她笑了。

“很高兴在这儿见到你！”她说。

“是的，很高兴见到你。你是一个人来的吗？”

“一个人？是啊！”

“圣弗朗西斯科怎么样？你一定去过吧！”

“我想，我……”

她的声音被嘈杂声淹没了。他把手伸进夹克口袋，俯身向前靠近她。

“机票不便宜啊！”他说，“但我觉得……我曾到过那儿，这就很棒了！一座令人愉悦的城市！”

他小心翼翼地说着。她看着他，他猜她心里正在数着自己认识多少个能说得出“令人愉悦”这个词的男人。

“我知道。我去过那儿。”

“哦，好啊！那聊聊吧？”

她犹豫了一会儿，然后挪出一个位子给他。

没有人注意到酒吧里的他们，也没有人注意到他们一小时后就离开了，去了人迹罕至的他的住处。到那时候药就该起作用了。这之前，他给她买了一杯玛格丽塔酒，而且当端着给她的又一杯酒从吧台返回的途中，他将手伸进夹克口袋，将药置于掌中并悄悄滑入了她的杯中。他们聊得很愉快，他确定她不会给他惹来什么麻烦。

*

两天后，刑事侦查局接到通知。当时，埃琳博格在值班，她立刻呼叫侦查队。当她到达案发现场时，交警已经封锁了辛霍特街，法医也来了。她看到一位地区医务人员从车里出来。刚开始只有法医才被允许进入公寓实施调查。他们封锁了案发现场。

埃琳博格在耐心等待法医们勘查案发现场的期间做好了一系列必要的安排。记者和其他媒体工作人员被拦截在戒严区外，她看着他们在报道。他们执意要进入案发现场，有些记者甚至对维持秩序的警察十分无礼。有两位记者她认识：一位是刚转为新闻报道的问答节目主持人，还有一位是政治访谈节目主持人。她不知道他们为什么会转入新闻媒体行业。埃琳博格回忆之前在侦查队的日子，那时她是为数不多的女侦探之一：那时的新闻人很有礼貌。她喜欢印刷媒体记者。印刷媒体记者没有电视记者那么鲁莽专横、妄自尊大，他们还会写些报道。

邻居们有的站在窗边，有的站在门口，两臂交叉，一脸茫然；他们不知道发生了什么事。警察开始录口供，问他们是否注意到街道有异样，是否有可疑人士进出，他们认识住客吗，他们在里面吗。

埃琳博格曾在辛霍特街租过一套公寓，那时辛霍特街还很荒凉。她喜欢住在老市中心小山坡上这块历史遗迹之地。房子随着岁月流逝也在不断变化，它们是跨越了一个世纪的这座城市的历史建筑：有些房子曾是底层劳动者的小屋，有些房子曾是富商的大别墅。穷人和富人、老板和工人都曾在这里愉快地居住过。之后，这片区域吸引了青年房屋购买者，他们不愿住在新市郊，而是倾向于定居在老市中心。这些搞文艺的阶层迁居到了木架结构的老房子里，有钱人和暴发户则购买了大公寓。在使用老市中心的邮编——雷克雅未克 101——时，他们心怀极大的荣誉感。

法医主任站在公寓里的一个角落处，对埃琳博格交代注意事项。他让她要小心，不要触摸任何证据。

“好脏啊！”他说。

“哦？”

“像个屠宰场。”

一楼公寓的入口在后面，面对着花园，从街道上看不到；有条小路可以绕到房子的后面。

埃琳博格进入公寓时看到卧室的地板上躺着一具青年男子的尸体。他的裤子脱至脚踝，一丝不挂，上身穿着印有“圣弗朗西斯科”英文字母的T恤，上面沾满了血。字母“F”旁印有一朵盛开的小花。

## 2

在回家的路上，埃琳博格停下来买食物。她常常会选择特殊的购物时间，这样，她既能参与超市特价促销，又能选购一些物美价廉的商品。但是这次她很匆忙。儿子们已经打电话来确认她是否能按预先允诺的那样做好晚饭，她承诺她会做好晚饭，只是时间上会稍晚一点儿。她每天都会尽力做一顿晚饭——只需十五分钟，孩子们就狼吞虎咽地吃完了。

她觉得，如果她不做晚饭，孩子们就会在外面吃昂贵的垃圾食品，浪费他们暑期打工挣的零花钱——或者让孩子父亲也那样做。她的丈夫泰迪是个汽车修理工，不善厨艺，会煮粥和煎蛋，但也就仅止于此了。不过，他很擅长做清洁工作，经常在家里打扫卫生。

她迅速地扫视了一遍货架。在冷柜里有鱼糜，看上去还行。然后，她又抓起一袋米、几个洋葱以及一些其他东西。十分钟后，她回到车内。

大约一小时后，他们一家人围坐在餐桌前。大儿子抱怨说前天刚吃了鱼肉，今天又吃鱼丸。他不吃洋葱，把它剩在了盘子里；二儿子吃饭不挑食，这点很像他的父亲；小女儿西奥多拉打电话说她在朋友家吃饭，因为她们要一起做功课。

“除了酱油，没有其他的了吗？”大儿子瓦尔托尔问。他今年十六岁，读高一。他对自己的学习目标很清楚，选择在商学院完成中等教育课程。埃琳博格认为他有女朋友了，尽管他没有告诉她。他从不谈论有关自己的任何事情，他的母亲也用不着刻意窥探：有一次，她洗衣服时看到一包避孕套从他的牛仔裤口袋中掉了出来。她没有对他说这件事，这是人之常情，而且她很高兴他采取了预防措施。她没有赢得儿子的信任，他们母子间的关系很紧张；儿子也很有主见，就是有时过于偏激。埃琳博格不喜欢他的性格，也不知道他怎么会是这种性格。泰迪和他很亲近——父子二人都对汽车感兴趣。

“是的！”埃琳博格说着，将一瓶白酒的沉淀物倒入她的酒杯，“我不想那么麻烦做调味汁。”

她看着儿子，想说她发现了他的避孕套，但却欲言又止。她不想再跟儿子发生争执了。她知道儿子对她的干涉会有很大意见。

“你说过今晚会煎牛排。”瓦尔托尔提醒她说道。

“你今天发现了谁的尸体？”小儿子阿伦问。他在电视新闻里看到母亲站在辛霍特街案发地点。

“一个大约三十岁的男的。”埃琳博格说。

“他被杀了？”瓦尔托尔问。

“是的！”埃琳博格说。

“新闻里说还不能确定是谋杀，但初步断定可能是谋杀。”阿伦说。

“这个男的是被杀害的。”埃琳博格说。

“这男的是谁？”泰迪问。

“目前还不知道。”

“他是怎么被杀的？”瓦尔托尔问。

埃琳博格看着他说：“你不该问这个。”

瓦尔托尔耸耸肩。

“是药物吗？”泰迪问，“那就是为什么……”

“能不说它吗？”埃琳博格乞求地说道，“我们目前也不清楚。”

他们知道不能再强迫她了。埃琳博格认为在家中谈论工作不合适。家庭成员总是对警察的工作很感兴趣，如果她正在处理一个大案子，他们总是盘根问底，还会给她些建议，但是如果调查太烦琐，他们就会渐渐没了兴趣，让她孤军奋战。他们在电视上看了很多美国的犯罪电视剧，而且在他们年龄还小的时候觉得很自豪，认为母亲就像电视剧里的女侦探一样。但是后来，他们意识到电视剧里演的和他们亲眼所见的现实情况相差甚远。电视上的侦探富有魅力、幽默风趣，是独具慧眼的神枪手，他们能识破满嘴谎言的凶手，实施惊心动魄的汽车追击而毫发无损，将精神变态者绳之以法。每一集都有骇人听闻的谋杀——两三起或四起——最终，行凶者总是能被绳之以法，受到应有的惩罚。

儿子们都认为埃琳博格常常加班。埃琳博格说她的基本工资很低，所以她需要多加班多挣点钱。她从来没有实施过汽车追击，也不带枪，更别提有像美国警察拿的那种自动步枪了：冰岛警察通常都不带武器。凶手大多很穷，正如西于聚尔·奥利说的：普通凶手。

案子大多是入室盗窃、汽车偷窃和人身侵犯。吸毒案是缉毒队的主要工作范畴，还有些重罪，如强奸案，埃琳博格也会处理。谋杀案很少，这种案件的数量每年都不一样：有时一年一起谋杀案也没有，有时高达四起。近期，警察发现一种危险的趋势：犯罪更加具有组织性，持枪者越来越多，极端暴力行为越来越多。

埃琳博格下班后一般都精疲力竭了，还要准备晚餐，烹制新的菜式——烹饪是她的爱好。有时她也会懒洋洋地躺在沙发上，看着电视睡着。

儿子们看很酷的犯罪剧时会时不时地抬头看看他们的母亲。冰岛警察没有给他们留下这么酷酷的感觉。

埃琳博格的女儿西奥多拉和哥哥们不一样；她认为自己天生与众不同，这就给她在学校带来了许多问题。埃琳博格不希望女儿超前成熟，她更愿意女儿和同龄人一样一步一个阶段地成长，但是功课对她来说太容易了。她需要挑战：她玩壁球，上钢琴课，参加女童子军。她不喜欢看电视，尤其不喜欢看电影或玩电子游戏；她是一个可以从早读到晚的书虫。当西奥多拉更小些时候，埃琳博格和泰迪就开始帮她从图书馆借书，等她大些时候就可以自己去借书了。她现在十一岁。几天前，她还试着给母亲总结《时间史》的主要观点。

埃琳博格在孩子们不在时才会偶尔和丈夫泰迪谈论她的同事们。他知道，她有个男同事叫埃伦迪尔，他的心思令人难以捉摸：埃琳博格有时不喜欢和他共事，有时又觉得没他不行。孩子们常常听到母亲对这位失败的父亲感到很不可思议——脾气暴躁的孤独者竟然是位富有洞察力的侦探。她钦佩他的出色工作却不喜欢他这个人。她还有一位同事叫西于聚尔·奥利：孩子们一听他的名字，就觉得他是个有点古怪的人。有时，当母亲说出他的名字时，那肯定就是母亲在抱怨他。

埃琳博格正在打瞌睡，忽然传来一个声音。他们都在睡觉，除了瓦尔托尔还在玩电脑；她不知道他是在做功课，还是在聊天或看博客。他一般到了半夜才睡觉。瓦尔托尔有他自己的生物钟：他凌晨才爬上床睡觉，有时候能在床上赖到晚上。这一点让埃琳博格很担心，但是她无力改变它。她尝试过很多次，但是他很固执己见，坚持自己的做法。

埃琳博格整晚都在想辛霍特街的谋杀案。她不愿给孩子们描述恐怖的案发现场：男子的喉咙被割开，室内的桌椅倒在血泊之中。病理学家还未给出任何结论。

警察认为这起谋杀是有预谋的。凶手一定是带着谋杀意图来到死者家里的。现场几乎看不见搏斗的痕迹，喉咙上是致命伤。脖子上的小伤口表明死者的喉咙处长时间架着刀。看上去谋杀是始料未及的：门外没有任何损坏，这表明是死者让凶手进屋的，或者死者和凶手是一起进屋的，或者凶手是死者的客人，所以才会在死者没有任何戒备的情况下实施如此残忍的谋杀。没有东西被偷，也没有公寓被洗劫的迹象。

窃贼因受惊而失手杀了死者，这种可能性非常小。

死者体内的血几乎流干了，公寓地板上有一大摊血迹。这表明受到攻击后死者的心脏还跳动了一会儿。

看完那一大摊血迹，埃琳博格再也无心做血淋淋的牛排晚餐了，无论大儿子有多反感今天的晚餐。

# 3

辛霍特街谋杀案的死者名叫卢诺弗。他在一家电话公司工作，无犯罪记录，从未引起过警察的注意。十多年前，他从老家搬来雷克雅未克，独自居住。他的老母亲还在老家，最近很少与他联系。警察与当地神职人员去了她家，告知了她儿子的死讯。卢诺弗是家中的独生子，他的父亲在几年前的一次事故中死了：他被山地路上的一辆卡车撞死了。

卢诺弗的房东认为他很好。他总是按时交租，房间里收拾得干净整洁，不弄出任何嘈杂声，每天早晨去上班。房东认为他是最好的房客。

“这么多血！”房东看着埃琳博格气愤地说，“还要请清洁公司来打扫。可能还要换地板。谁干的这事儿？找个好房客不容易。”

“你没有听到公寓里有任何动静吗？”埃琳博格问。

“一点儿也没听到！”房东答道。他大腹便便，一星期都没刮他那白色的胡子了，秃顶，肩膀下垂，胳膊粗壮。他住在卢诺弗的楼上。他说他出租楼下的公寓好多年了，卢诺弗已经租了两年左右。他是在送错寄到他楼上的账单时发现的尸体；他把账单放回信箱，但是当他透过客厅的窗户往里看时，他看到有个人光着脚躺在地板上的血泊之中。他第一时间想到给警察打电话。

“你周六晚上一般都在家吗？”埃琳博格问。她的脑海里再现了房东好奇地往公寓里看的情景。这不容易看清楚，因为两边的窗帘都拉上了，只在中间透着一条缝。

初步调查显示，谋杀发生在周六晚上或者是半夜。案发之前凶手和卢诺弗都在公寓里的可能性大些，而强行入室行凶的可能性小些。凶手有可能是女性。初步推断，卢诺弗在死前有过性行为，因为在他床边的地板上发现了避孕套。案发时死者穿的T恤可能不是他的，而是一个女人的。因为T恤的码数太小了。此外，T恤上有深褐色头发，沙发上也有这种深褐色头发。他的夹克里和床上都有这种头发。他或许是邀请了一位女性回来过夜。

要逃离案发现场很容易，在花园里翻墙过去就可以到达邻街一栋三层楼的混凝土房屋里。可两天前，没人在花园里出现过。

“我大部分时间都待在家里。”房东说。

“你说卢诺弗那晚出去过？”

“是的，我看到他在街上走。那时已经十一点了。后来就再也没有看到他了。”

“他回来时你看到没有？”

“没有。那时我大概已经睡了。”

“所以你不知道是否有人和他一块儿回来吗？”

“不知道。”

“卢诺弗从不带女人回来过夜，是吗？”

“是的！他也从来没带男人回来过。”房东带着诡秘的微笑回答道。

“他在你这里租房时，你一次也没有见过吗？”

“没有。”

“但你觉得他没有带女友回来过？”房东听后搔搔头，有点困惑。午餐时间过了，他只吃了些马肉香肠，现在正安静地坐在埃琳博格对面的沙发上。厨房碟子里的剩余食物，一股令人作呕的霉味飘了过来，埃琳博格希望这股臭味不要污染了她的外套，这是她最近新买的一件特价衣服。如果没有必要的话，她根本不想在这里多待一秒。

“我认为我没有看见过他和女人在一起。我记得没有。”他最后说道。

“你特别了解他吗？”

“不，他一来我就发现他不喜欢跟人接触。所以……不，我对他不了解。”

埃琳博格站了起来。她看见西于聚尔·奥利在朝马路那一侧的门口正和邻居交谈着。其他的警察正在对当地居民录口供。

“我何时可以冲洗公寓？”房东问。

“快了！”埃琳博格回答，“我们会告诉你的。”

卢诺弗的尸体前一晚被抬走了，但是次日上午埃琳博格和西于聚尔·奥利到达案发现场时，法医仍在公寓里检查。有证据表明，这是一个干净的青年男子的家，他想为自己布置一个干净舒适的家。

埃琳博格留意到，家具都是经过精挑细选的，比如瓷器、牌匾，这不是年轻人家里常见的物品。镶木地板上铺着漂亮的地毯，房间里还有沙发和配套的安乐椅。浴室虽小但很雅致。卧室里摆放着双人床。厨房紧挨着卧室，非常干净。室内没有书，没有家庭照，只有一台大电视，三张超级英雄的海报：蜘蛛侠、超人和蝙蝠侠。桌上摆放着高品质的超级英雄人物模型。

埃琳博格一边看海报一边问："你觉得怎么样？"

西于聚尔·奥利看着卡通英雄时说："很酷啊！"

"这都是一些过时的东西了，不是吗？"埃琳博格说。

西于聚尔·奥利弯下腰，查看最新的音响系统，它的旁边放着一个手机和一个音乐播放器。

"这是一款苹果 MP3 播放器。"西于聚尔·奥利说，"他买的都是最新款。"

"超薄款？"埃琳博格问，"我的小儿子说这种款式太女性化了。我不知道那是什么意思。反正我一款也没看上。"

"你不懂！"西于聚尔·奥利擤了擤鼻涕后说道。因患流感，他觉得身体不舒服。

"有什么异常情况吗？"埃琳博格一边打开冰箱一边问。

冰箱内的食物很少，这表明他的厨艺一般。里面有香蕉、辣椒、芝士、果酱、花生酱、鸡蛋和一盒开封的脱脂牛奶。

"他没有电脑吗？"西于聚尔·奥利问正在处理现场的两名法医中的其中一人。

"我们把它带回局里了。"他说，"我们仍没有发现任何证据来解释谋杀。你听说过氟硝安定吗？"

这名法医看了看他俩。他大概三十来岁，胡须未剃，头发凌乱。

埃琳博格觉得他邋里邋遢，而一贯整洁的西于聚尔·奥利却觉得这种邋遢也不算什么。

“氟硝安定？”埃琳博格摇摇头。

“他的夹克口袋里有些药，卧室里的桌子上则更多。”这名穿着白色制服、戴着乳胶手套的法医说。

“一种迷奸药？”

“是的。他们刚打电话告诉了我们这一信息。我们正着手调查。我认为，他的夹克口袋里有这种药，表明——”

“他周六晚上用药了。”埃琳博格插话道，“房东看到他离开。所以，他出发去市里时已经把药放进了口袋。”

“应该是这样的！他穿的是这件夹克。他其他的衣服都整齐地叠好放着。夹克和衬衫在椅子上，内裤和袜子在卧室里。他穿着长裤倒在客厅里，却没有穿内裤。他可能穿上裤子去喝水。水槽里有杯子。”

“他晚上带着氟硝安定出门？”埃琳博格惊奇地大声问。

“他死前像是有过性行为。”法医说，“我们认为避孕套是他的，上面有他的精液。验尸官将会查明详细情况。”

“迷奸药！”埃琳博格想起了她近期刚处理的一起案件。在科帕沃于尔郊区，一位司机看到一位二十六岁左右半裸的女子在路边呕吐，过来帮助她。她不知道自己在哪儿，也不记得在哪儿过的夜。她让他送她回家。看她难受的样子，他说送她去医院，但她觉得没必要。她不记得她在科帕沃于尔干了什么。回到家不久她就睡着了，整整睡了十二个小时，醒来时全身酸痛，记忆一片空白。她之前喝酒从没有那样醉过，虽然记不清楚，但是她确定她没喝多少。她洗了很长时间的澡，全身洗净。那天晚上，一个朋友打电话问她后来去哪儿了；他们和另外一个女的出去了，她就和他们分开了。她的朋友看到她和一位陌生男子离开了。

“哇！”这位女子说，“我完全不记得了。”

“他是谁？”她的朋友问道。

“我不认识。”

聊天时，这位女子慢慢想起来了，她记得自己在夜店里碰到了一位男子。他给她买了杯饮料。她不认识他，对他的外貌只有一些模糊的印象，但是他看起来很友好。她还没有喝完，另一杯就来了。她去了趟洗手间，回来时男人说出去走走。这是她记得的那晚的最后一件事。

“你和他去哪儿了？”她的朋友问。

“我不知道。我只是……”

“你不认识他？”

“不认识。”

“你觉得他在你杯中放了什么东西吗？”

“在我的饮料中吗？”

“因为你什么也不记得。可能是……”她的朋友吞吞吐吐地说。

“什么？”

“强奸犯会做的那种事。”

很快，这位年轻女子就去了医院的强奸创伤科。埃琳博格接手这起案件时，它已经被定为强奸案。医学检查表明，那晚她有过性行为，但血液中无任何药物迹象。这并不奇怪，因为很多迷奸药，如氟硝安定，服用后几小时就消失了。

埃琳博格让她在嫌疑犯照片库中认出强奸犯，但她一个也不认识。埃琳博格将她带回她与男子相遇的夜店，但工作人员都不认识她，也不认识那位男子。埃琳博格知道，药物强奸案很难找到证据。一般来说，很难在血液或尿液样本中找到药物迹象，因为它会在服用者体内逐渐消失，但是仍有一些证据，如遗忘症、阴道的精液和身体创伤。埃琳博格告诉受害者，她可能在强奸行为发生前被人下了迷奸药。男子偷偷给她服用了 4- 羟基丁酸或 G 水，药效和氟硝安定一样。这种药无色无味，呈粉末或液体状态。迷奸药 4- 羟基丁酸主控中枢神经系统，会使服用者神志不清，甚至毫无记忆。

“这让我们很难起诉这帮禽兽。”埃琳博格对女子说，“氟硝安定时效为三至六小时，然后彻底消失。只需要服用几毫克就能进入昏迷状态，送酒服用会增强药力，副作用是幻觉、抑郁、昏迷，甚至休克。”

*

埃琳博格在辛霍特街的公寓四周看了看，想着卢诺弗案和那讨厌的迷奸药。

“卢诺弗有车吗？”她问法医。

“有，停在外面。”一位法医回答，“我们拿去处理了。”

“我想给你一个最近被强奸的一名女性的基因样本。我想弄清楚是不是他开车载她到科帕沃于尔，然后对她实施了强奸。”

“没问题！”法医说道，“还有另外一件事。”

“什么？”

“公寓里的一切都属于一个男人——衣服、鞋子、外套……”

“还有呢？”

“除了那卷——”法医说着，指着取证袋里卷起来的东西。

“那是什么？”

“看上去像是披肩。”他指着袋子说，“我们在男子床下的一堆东西中发现了这个，所以他肯定有女友。”

他打开取证袋，把披肩拿到埃琳博格的面前。

“上面有股特别的气味。”他说，“有烟味、香水味，还有某种……香料味。”

埃琳博格嗅了嗅。

“我们还没检测出来。”法医说道。

埃琳博格深吸了一口。这是个紫色的羊毛披肩，一股香烟和香水味儿，他的判断是对的——还有另外一种熟悉的刺激性香味。

“你能闻出来吗？”西于聚尔·奥利惊奇地问。

她点点头。“它是我最喜欢的香料味。”她说。

“什么意思，你最喜欢的香料味？”法医问。

“你最喜欢的香料？”西于聚尔·奥利也问。

“是的！”埃琳博格说，“但它不是一种香料。它叫马萨拉，是很多香料的组合，产于印度，就像……它让我想起了唐杜里烹饪法。”

# 4

邻居们都希望能帮点忙。警察对案发现场一定范围内的证人录了详细的口供，不管怎样，证人们认为他们的口供会有些帮助。警察将决定哪些是有用的，哪些是无关紧要的。辛霍特街的大多数居民那晚都在睡觉，所以没有人注意到异常情况，也没有人看到死者。案发前也没有人在大白天看到任何可疑的人或可疑的事情。附近居民最先录口供，之后侦查范围在逐渐扩大。埃琳博格告诉侦查警官有些线索被遗漏了，她认为侦查外围区有位老太太有必要调查一下。尽管这个信息似乎很模糊，但她还是决定亲自去探访这位老太太。

“我认为它没有价值。”警察质疑道。

“是吗？”

“她有点怪。”

“怎么怪了？”

“她老是说起电磁波。她说那些电磁波一直让她头疼。”

“电磁波？”

“她说她已经用自己的测量棒测量过了。电磁波主要从墙壁中来。”

“哦，是吗？”

“我认为她不能提供什么有用的证词。”

*

这位老太太住在街道上一栋二层小楼的二层，这栋楼与卢诺弗家的距离有点远，位置更高。所以她说的、看到的可能都无关紧要。但是埃琳博格心中充满疑问。当警察毫无进展时，埃琳博格觉得应该把她叫来录口供，看看是否会有蛛丝马迹。

佩特里娜大约六十岁。她打开门，穿着睡袍和毡拖鞋，头发蓬松，面色苍白，满脸皱纹，两眼布满血丝，手上夹着香烟。她欢迎埃琳博格的到来，表示很高兴终于有人来了。

“到时间了。”她说，“让我展示给你看。这是巨大的电磁波。”

佩特里娜进屋后，埃琳博格跟她进去。埃琳博格在污浊的香烟烟雾中发现了自己的所在；所有的窗帘都拉下来了，屋内很暗。她试着从客厅的窗户眺望街道上的情景。老太太去了卧室，叫埃琳博格过去。埃琳博格穿过客厅和厨房，来到卧室，她看到佩特里娜站在天花板上悬着的大灯泡下面。卧室中间有张床和床头柜。

“我要将这些墙推倒。”佩特里娜说，“我受不了那些绝缘电线。我对那些特别敏感。看这儿吧！”

埃琳博格惊奇地看着屋内两堵长墙，上面镀满了一层烹饪铝箔纸。

“它真让我头疼！”佩特里娜说。

“这都是你一个人做的吗？”埃琳博格问。

“我？我自己？当然是我做的。铝箔纸能起点作用，但我觉得还不够。你好好看着啊！”佩特里娜捡起两根金属棒，把它们松松地握在手里，两端朝向呆站在门边的埃琳博格。然后金属棒逐渐转动，直至指向其中一面墙。

“这是电线。”佩特里娜说。

“嗯？”埃琳博格问。

“你看，铝箔纸要动了。来吧！”

她猛地推开埃琳博格，她的头发凌乱，手握金属棒，活像一位滑稽的疯狂科学家。她走进客厅，打开电视。测试卡出现了。

“卷起你的袖子！”佩特里娜对目瞪口呆的埃琳博格说，“伸出手臂走近屏幕，但别碰到它。”

埃琳博格伸出手，朝电视屏幕走去。她前臂上的毛发竖了起来，她感到有磁场。在家时靠近电视就有这种体会。

“这就是我房间里墙的情况。”佩特里娜说，“就像这样。它们让我的头发一直竖着，就像整晚对着电视屏幕睡觉一样。你看，室内有改装——木板隔断墙、胶合板，都布满了电线。”

放下袖子，埃琳博格小心翼翼地问：“你觉得我是谁？”

“你？”佩特里娜问，“难道你不是电力公司的吗？他们说将派人过来。不是你吗？”

“不是！”埃琳博格说，“我不是电力公司的。”

“你来这儿读取数据。”佩特里娜说，“你说今天过来。我不能再继续这样生活下去了。”

“我是警局的。”埃琳博格说，“邻街发生了命案，我认为你在这儿可以看到外面的人，就是这栋楼的前面。”

“但是我今天早晨已经录过口供了。”佩特里娜说，“你怎么又回来了？电力公司的人呢？”

“我不知道，但是如果你需要的话，我可以帮你打电话叫他们过来。”

“他早就该来的。”

“他今天可能会晚点来。我能问问你看见了什么吗？”

“我看见了什么？我该看到什么呢？”

“根据你今早的证词，上周六晚上，你看到一个男人在街道上，对吗？”

“我要他们过来帮我看看墙，但是他们一个字也不听我说。”

“你总是拉上窗帘吗？”

“是的！”佩特里娜说着，漫不经心地挠挠头。

埃琳博格渐渐习惯了佩特里娜家里的昏暗，现在她可以清楚地看见这个破旧公寓里的破烂家具、墙上的相框和桌上的全家福。有一张桌上都是年轻孩子的照片，可能是她的儿子或者孙子的照片。烟灰缸里满满的烟灰，埃琳博格看到地毯上到处都是烧焦的痕迹。

佩特里娜把烟按入烟灰中捻灭。埃琳博格看着地毯上的烧焦处，想着或许是老太太经常不小心把烟头掉到地毯上导致的。她觉得她该和社会服务机构联系。佩特里娜对自己和他人可能都是一种威胁。

“如果你总是拉着窗帘，你怎么能看到外面的街道？”埃琳博格问。

“我会拉开窗帘啊！”佩特里娜奇怪地看着埃琳博格，然后说道，“你刚说你来这里干什么？”

“我是警局的！”埃琳博格耐心地重复解释道，“我想向你打听一个男的，就是你说你上周六晚上往外看时见到的那个男的。你还记得吗？”

“我的觉不多——有电磁波的干扰，这点你知道。所以我来回走动，等着他们。看看我的眼睛！看看它们！”佩特里娜伸长脖子，让埃琳博格看她那布满血丝的眼睛。“就是因为电磁波，所以我的眼睛才会这样。那些该死的电磁波！害得我整天头疼。”

“难道你不觉得有可能是吸烟导致的吗？”埃琳博格礼貌性地问道。

“所以我坐在窗户这里等着他们。”佩特里娜接着说，没在意埃琳博格的话。“我坐着等了一整晚,还有周日一整天,我一直在等。”

“等什么？”

“等电力公司的人！我原以为是你。”

“所以你坐在窗边，看着街道。你认为他们会在晚上来吗？”

“我怎么知道他们什么时候来？之后我看到我今天早上告诉你们的那个人。我还以为是他就是电力公司派来的，但是他径直走了过去。我还想叫住他。”

“你之前见过他吗？”

“没有，从未见过。”

“能再详细些吗？”

“没什么可说的了。你打听他干什么？”

“这附近发生了起案子，我需要调查他。”

“不行！”佩特里娜说。

“为什么不行？”

“你难道不知道他是谁？”佩特里娜说道，惊奇地看着愚钝的埃琳博格。

“不知道，所以我才求助于你。你今天早上说他穿着一件深色夹克，还戴着一顶帽子。是一件皮夹克吗？”

“我不知道。但是他戴了一顶帽子。一顶针织羊毛帽。”

“你注意到他的裤子了吗？”

“没什么特别的。那是条跑步时穿的运动长裤，从小腿到膝盖处扯开着，没什么特别的。”

“他开车了吗？”

“没有，我没有看到车。”

“他是一个人吗？”

“是的，一个人。我只看了他一会儿，因为他虽然腿瘸但是行动挺敏捷的。”

“腿瘸？”埃琳博格问。这一点她没有从对佩特里娜做笔录的警察那里听说。

“是的，他是个瘸子。可怜啊！他的腿上缠了根天线。”

“他看起来像是很着急吗？”

“嗯，是的，每一个经过这里的人都会快跑，因为电磁波。他不想让电磁波进入体内。”

“什么样的天线？”

“我不知道。”

“他瘸得厉害吗？”

“很厉害。”

“你说他不想受电磁波影响，是什么意思？”

“这就是为什么他瘸着走。电磁波很大。对他的腿影响很大。”

“你能感受到有电磁波吗？”

佩特里娜点点头。“你刚说你是谁？”她又问，“你不是电力公司派来的？你想知道我是怎么想的吗？想知道吗？我觉得这都是因为铀。大量的铀，跟着雨一起下来了。”

埃琳博格笑了笑。她本应该听警察的建议，这种证词根本没有任何价值。她谢过佩特里娜，承诺给电力公司打电话来处理影响她生活的电磁波问题，但是她觉得应该请医生来给这位可怜的妇人治治头痛。

*

没有其他证人了。一位中年男子说上周六晚上他经过辛霍特街回恩雅达加塔的家。虽然他喝醉了，但是他强调他的神志仍很清楚，他清楚地记得在回家的路上看到一个女人独自坐在车内。她坐在副驾驶座位上，似乎不想引人注意。没有其他证词了。他给出了车辆停靠街道的名字，那里离案发现场有点远，但是他无法给出那个女人的外形描述，他认为她大概六十岁，穿着一件大衣。他没什么可说的了。除了那辆车，他什么也不记得，车的颜色和品牌也不记得。他说他对车不是很了解。

## 5

飞行距离很短，螺旋桨的嗡嗡声渐渐少了。埃琳博格一贯乘坐国内航班，且坐在靠窗座位上。她喜欢看看本国的壮丽山河，但是那天下午阴天多云，她只能看到山脉或山谷，或者白雪覆盖下蜿蜒曲折的河流。随着年龄的增长，她越来越害怕乘坐飞机，她也不知道为何恐惧。以前，她总觉得坐车比坐飞机更危险。但这些年来，出于家庭责任，她越来越害怕搭乘飞机。一般情况下，她觉得短途的国内飞行比国际飞行会好些，但也有例外。她记得一次暴风雪天气的冒险飞行，飞机一会儿俯冲山脉，一会儿俯冲伊萨菲厄泽狭窄的峡湾：她觉得自己正在一部恐怖电影里，而电影的结局是飞机即将坠毁。她感觉她的大限将至，紧闭双眼，一直祈祷，直到起落架的机轮在结冰的飞机跑道上安全着陆。陌生人紧紧地抱在一起，松了一口气。在乘坐长途的国际航班时，埃琳博格刻意选择过道位置，并尽量不去担心满载乘客及其行李的重型飞机如何升空和飞行。

*

当地警察到小机场来接她，开车载她到卢诺弗母亲居住的村庄。一层薄薄的雪给植被增添了一抹秋色。埃琳博格安静地坐在警车后座上，却无法集中注意力在欣赏自然美景上。她在想她的儿子瓦尔托尔。一个月前，她偶然间发现他在网上发博客；此刻，她对这个儿子感到心中有愧。她不知道该怎么办。

埃琳博格收拾瓦尔托尔房间时，看到他在他的电脑上写的他和他的家人。当她听到有人走来时吓了一跳，两人在门边相遇，她假装什么也没有看到。但脑海里一直想着这事，内心挣扎一番后，她决定到电视室的家庭电脑上去看。她觉得好像阅读了她儿子的私人信件，后来她才知道他的博客内容对所有人可见。她看到儿子洋洋洒洒的自述时，出了一身冷汗。他在博客中写的东西从未向她和泰迪提及过，也从没有在家里说过。还有一些相关博客。她还看了些，发现瓦尔托尔率直的个性很平常。博主对于写作内容没有任何限制，他们的家庭、行为、需求、情感、想法——脑子里的任何东西都可以写进博客，无须自我反省。一切都很顺利。除工作外，埃琳博格从来不对博客感兴趣，没想到她的孩子竟然沉溺其中。

从第一次浏览瓦尔托尔的博客后，埃琳博格便常常访问他的博客，倾听他喜欢的音乐，观看他爱看的电影，了解他和朋友在做的事情以及他对上学和老师们的想法。她想了解瓦尔托尔和她不曾谈论的话题。他会和她探讨当下颇有争议的敏感话题；他也会谈谈天赋异禀的妹妹以及她有多难迎合——瓦尔托尔，引用他母亲的话，说因为所有的特殊需求教育都针对的是愚钝的学生。

埃琳博格在儿子的博客中读到自己的那番话时，勃然大怒：儿子没有权利谈论她的想法。瓦尔托尔也常常引用他父亲的话，但大多都是关于他们共同喜爱的汽车。他还会引用一些父亲对政治的诙谐幽默的见解。

“他到底怎么了？”埃琳博格叹了口气。

然而，引起她注意的是他另一种无耻的行为：博客上明确显示着瓦尔托尔是个“女性杀手”。埃琳博格在他裤子口袋里看到的避孕套并非偶然。他总是提及他认识的女孩以及他和她们的社交生活，如跳舞、看电影，这些女孩埃琳博格一个也不认识。他在一篇标题为“谈谈你的看法”的文中邀请读者发表评论。埃琳博格看到有两三个女孩为了他在竞争。

汽车穿梭在秋天的树林里，她长吁短叹，谩骂着瓦尔托尔和他的博客。

“什么？”开车的警察问。副驾驶座上的另一名警察好像睡着了。他们告诉了她一些关于卢诺弗母亲的信息，其他的什么也没说。

“没什么。对不起，我有点感冒了！”埃琳博格说完，从包里取出一张纸巾，“村里有警局吗？”

“没有，我们没有资金，这需要钱。不过那儿也没什么事儿。总之，没什么大事发生。”

“还有多久能到？”

“半个小时。”警察说道。之后大家再也没有说话。

*

卢诺弗的母亲克里斯塔娜住在一个非常小的连栋房屋里，正等着警察。她在门口见到了埃琳博格。她看上去很疲劳、沉默寡言，她把门打开，一言不发地进到屋里。埃琳博格跟了进去，关上了门。她想要和这位女士密谈。

已经傍晚了。天气预报说会有阵雪，但是明亮的阳光从厚厚的云层下照射出来，照亮了房间。忽然，天变暗了。克里斯塔娜坐在电视机前的凳子上，埃琳博格坐在沙发上。

“我不想知道任何细节。”克里斯塔娜说，“牧师已经告诉了我一些，但我仍禁不住看了新闻。我听见这是一起用刀实施的残忍袭击事件。我再也不想知道更多了。”

“节哀顺变！”埃琳博格说。

“谢谢！”

“它是一起恐怖的袭击。”

“我不知道该怎么形容我此刻的心情。”克里斯塔娜说，“我丈夫死时我非常难受，但这次……这次是……”

“有人来陪你吗？”埃琳博格打断了她。

“我们很晚才生的他。”克里斯塔娜继续说，似乎没有听到，“我当年快四十岁了。我的丈夫巴尔迪尔大我四岁。我们相遇时都不年轻了。在那之前，我有前夫。巴尔迪尔的前妻死了。我们都没有孩子。所以，卢诺弗是……我们没有其他孩子了。”

“我知道当地警察通知你卢诺弗的死讯时问过你这个，但我还想问你：你认为谁最有可能对他心怀怨恨？”

“没，我告诉他们我不知道。我不能简单地猜测谁会那么做。我认为卢诺弗被害是一个概率事件，就像车祸一样。就跟巴尔迪尔的死一样。他们告诉我他在开车时可能睡着了——撞他的人说他看到巴尔迪尔困得点头。虽然剩我一人，但是我没为自己感到难过。自我怜悯没有用。”

克里斯塔娜沉默了。桌子上有一盒纸巾。她抽了一张，绕在手指上。“人不能总是自我怜悯！”她重复道。

埃琳博格看着那双卷着纸巾、满是皱纹的手，扎成马尾辫的头发，以及明亮的眼眸。她知道克里斯塔娜七十岁了，一辈子都居住在这一偏远的村子里。开车的警察告诉埃琳博格，克里斯塔娜在村里因从来没有去过雷克雅未克而闻名。她说没有去那里的理由，虽然她的儿子在那座城市已经住了十几年了。调查显示，他很少回来看望他的母亲，实际上，他几乎没有回来过。近几十年来，许多人像克里斯塔娜的儿子一样离开了村子。埃琳博格觉得克里斯塔娜像是被抛弃在了村里，被困在了一个消亡的时代。当冰岛已经发生了翻天覆地的变化时她的世界依然没有变。从这种意义上来讲，克里斯塔娜让埃琳博格想起了埃伦迪尔，他也一直没法摆脱过往，也不愿告别过往；他的观念和方式都过时了，他所坚守的价值观，没有人会特别留心或关注，都在慢慢消失。她要怎么告诉这位老妇人，她儿子的衣服口袋中有迷奸药呢？

“你最后一次和他联系是什么时候？”埃琳博格问。

克里斯塔娜仔细想了想，说道：“大概一年前。”

“一年前？”埃琳博格重复道。

“他很少和我联系。”克里斯塔娜说。

“哦，但是一年都没有联系吗？”

“是的。”

“你最后一次见他是什么时候？”

“他最后一次来这里是三年前。没有待多久，大概一个小时。他只和我说了几句话。他说他正好路过家门口，要马上走。我也不知道他要去哪儿。我没有多问。”

“你们的关系很疏远吗？”

“不，也不是很疏远，只是他觉得没有必要联系。”克里斯塔娜说。

“你呢？你也不给他打电话吗？”

“他总是换号码，所以后来我也干脆不打了。而且，他也不是很喜欢我给他打电话，我不想强求。我给他足够的自由和空间。”

两人都不再说话了。

“你认为这是谁干的？”克里斯塔娜终于主动问道。

“我们还不知道。”埃琳博格答道，“目前还在调查中，所以……”

“要调查很久吗？”

“可能吧！所以，你不了解他的私生活，比如朋友、女友，等等。”

“是的，我不清楚那些。他和女人同居了吗？上次我见到他时，他还没有。我问他是否愿意安定下来，组成家庭，等等。他没有回答我。他可能觉得我太唠叨了。”

“我们认为他是一个人住。”埃琳博格说，“他的房东也这么认为。他在村里有朋友吗？”

“他们都搬走了。年轻人都离开了，这不算什么新鲜事。他们正在商讨关闭学校，每天接送孩子们到附近的峡湾上学。这个地方已快荒芜。或许我也应该离开，去你们所描述的欣欣向荣的雷克雅未克。我从未去过那儿，也不想去。过去，人们很少出远门，而且我也没有去首都的理由。我觉得没什么意思。那儿没什么令我憧憬的。你是在那儿长大的吗？”

“是的！”埃琳博格说，“我喜欢那座城市，而且我完全理解那些想要搬来并定居下来的外地人。所以，你儿子没和村里的任何人联系过吗？”

“是的！”克里斯塔娜肯定地回答，“就我目前所知，他没和人联系过。”

“他在村里惹过麻烦吗？干了非法勾当？得罪过什么人？”

“这儿吗？没有，绝对没有。他离开后就音讯全无了。正如我说过的，我不知道他的状况，所以没法回答那些问题。很抱歉帮不上忙。那是他的事。”克里斯塔娜看着埃琳博格说，“你无法预知你的孩子将会遭遇什么。你有自己的孩子吗？”

埃琳博格点了点头。

“你知道他们长大后做什么？”克里斯塔娜问。埃琳博格想起了瓦尔托尔。“你怎么知道他们将来可能做什么？”克里斯塔娜问，“我知道这么说令人不好接受，但我对我儿子不是很了解：我不知道他每天都在干什么或想什么。在很多方面我觉得他很陌生。我认为大部分孩子都这样。孩子们离开，对你来说，他们逐渐变得陌生，除非……”克里斯塔娜卷起纸巾。“你不问东问西。”她说，“我小时候就最烦大人问东问西了。所以我尽量少对我儿子问东问西。”

埃琳博格想起了氟硝安定。如果一个男人晚上携带氟硝安定出门，那么他会带女人回家过夜，这种推断是合理的。

“卢诺弗在这里住时，没有和任何女人有关系吗？”埃琳博格小心翼翼地问。

“我不知道。”克里斯塔娜答道，“你为什么那样问？什么女人？我不知道有女人！”

“好吧。那你能告诉我村里还有谁认识他吗？”埃琳博格平静地问。

“回答我！你为什么要问女人？”

“我们不了解他的情况，但……”

“什么？”

“他的行为很古怪，”埃琳博格说，“和女人。”

“他的行为？古怪？”

“可能和迷奸药有关。”

“什么意思？什么药？”

“他们有时称之为迷奸药。”埃琳博格说。

克里斯塔娜盯着她。

“也可能他只是出售这种药，但我们也不排除其他可能。或许我们的推断有误。关于这点，我们毫无进展。我们不知道为什么他死时身上装有这种药。”

“迷奸药？”

“又名氟硝安定。一种镇静剂，可以让人昏睡和丧失记忆。我们以为你知道。媒体可不会错过这种内容的报道。”

忽然，暴风雪来临。雪花飘在窗户上，遮盖了视线，而且屋内更暗了。

好长一段时间，克里斯塔娜坐在那儿，一言不发。“我怎么也没想到他会携带这种药。”她说。

“嗯，你当然想不到。”

“我都没有听说过这种药。”

“我理解你此时的心情。”

“没有比这更糟的了。”

“我很抱歉。”

克里斯塔娜透过窗注视着外面的暴风雪。“他被杀了，或者他是个强奸犯。”

“目前还没有定论！”埃琳博格说。

克里斯塔娜将视线转向她。“是的！你们总是什么都不知道。”

# 6

埃琳博格必须在此过夜。她在村外一山上的一家旅店里住下，房间很宽敞，然后她打电话告诉西于聚尔·奥利探访克里斯塔娜的结果——没有太多收获。她又打电话回家，泰迪说吃的是外卖，西奥多拉说计划和女童子军的小伙伴们一起去乌尔夫约斯瓦特湖旅行两周。他们聊了很久。儿子们出去看电影了。埃琳博格想，过不了多久她应该就会在他的博客上看到与之相关的内容。

旅店不远处有一家餐馆，兼小酒馆、运动酒吧、录像带租借店和自助洗衣店。她走进餐馆时看到一个男人拿着脏衣服放在吧台，说周四来取。菜单上都是些家常菜：三明治、鸡汁汉堡薯条、烤羊肉、炸鱼。埃琳博格点了一份炸鱼。店内有两桌客人。一桌是三个男的，他们一边喝酒一边看电视里播放的足球赛；另一桌是一对老夫妇，他们也点了一份炸鱼。

埃琳博格十分想念女儿西奥多拉，已经两天没有见到她了。她一想到女儿就会情不自禁地笑起来。有时女儿会对生活发表一番令人惊奇的见解。她的用词非常正式，也有点过时，埃琳博格担心西奥多拉在学校会被嘲弄。但显然这种担心是没有必要的。“他为何如此悲伤？”女儿看着电视里的新闻播音员自言自语道。“这真滑稽！”她读到报纸上的趣事又会这样说。埃琳博格猜她从大量阅读中学会了很多新词。

鱼还好，新鲜的烤面包伴着吃，味道还不错。她没吃薯条，她一贯不爱吃薯条。吃完鱼后，她要了一杯浓咖啡。看不出年龄的吧台女侍者一会儿煮、一会儿烤、一会儿出租录像带、一会儿洗衣服，像变魔术似的立马就把咖啡煮好了。门开了，有人进店来看电视。

在卢诺弗公寓发现的那条披肩是个谜团。不一定是在案发时有女人在场，或者谋杀者是位女性。披肩可能已经在床下放了好几天了。然而，可以肯定的是，卢诺弗那晚使用了迷奸药，带了一个女人回家过夜——女人是因自愿或其他原因来的——而且肯定发生了什么事，导致暴力攻击行为的发生。或许是药效消退后，女人恢复意识，发现自己被强奸，出于自卫或者报复，她就近拿起凶器把他杀了。

杀人凶器是一把刀，在公寓里没找到，而且凶手除了表达对死者的厌恶和愤怒外什么线索也没有留下。如果卢诺弗先是强奸了披肩的主人，后被披肩的主人攻击和杀害，警方能有什么线索？那条披肩是从哪里买的？警方将着手调查出售那条披肩的商店，但是披肩已经不新了，所以这条线索就断了。披肩上的香水味还没有鉴别出来，但这只是时间问题，到时候就可以对出售香水的商店展开调查。披肩上也有烟味。这表明她去过酒吧，周围有人吸烟，或者她本人吸烟。卢诺弗三十岁出头，这名女性应该年龄相仿。在披肩上、卢诺弗的公寓里都发现了深褐色头发，这表明头发没有染色，她有一头深褐色的头发。而且她肯定留着短发，因为发现的深褐色头发都不长。

或许她在一家餐馆工作，这家餐馆供应的菜是用唐杜里方法所烹制的。关于唐杜里烹饪法，埃琳博格知道一些，并在她出版的一本食谱书中提到过几道唐杜里菜。她曾仔细研究过唐杜里菜，对其相关信息颇为了解。她自己有两个不同的陶土唐杜里锅。印度人习惯挖个坑，放入燃烧的木炭烧菜，因为木炭烧菜能让锅底受热均匀。埃琳博格偶尔也会在后院烧木炭做唐杜里菜，但是她一般把木炭放在烤箱或者烤架上。唐杜里菜的关键是腌泡汁，埃琳博格用不同的香料加原味酸奶搅拌，做成腌泡汁。配上胭脂树种子，使腌泡汁呈红色；再配上藏红花，使腌泡汁呈黄色。她通常试着加入辣椒粉、芫荽、姜、大蒜，或是用豆蔻籽、莳萝籽、桂皮、大蒜、胡椒和肉豆蔻自调的咖喱酱。她还试着用冰岛香草，如百里香、白芷、蒲公英和拉维纪草等配料变换样式。她把腌泡汁倒入鸡肉或猪肉里炖，几个小时后，唐杜里菜就做好了，最后将其盛进唐杜里菜锅里。有时，腌泡汁会溢出到灼烧的木炭上，飘来一股埃琳博格在那条披肩上嗅出来的唐杜里香料味。她猜，那位女士或许在唐杜里餐馆里工作，或许和她一样喜欢印度菜，特别是唐杜里菜。她家也有唐杜里锅和做出美味唐杜里菜的各种调料。

老夫妇吃完就离开了，三位球迷在比赛结束后也离开了。埃琳博格独自坐了一会儿，买单后离开。她感谢了女侍者的美味食物，并简单谈论了一下制作面包，埃琳博格觉得这里的面包做得很不错。女侍者问埃琳博格此行的目的，埃琳博格告诉了她。

“他和我儿子是小学同学。”女侍者说。她很丰满，穿着无袖上衣，结实的胳膊，丰满的乳房，穿着宽松的围裙。她说她看了新闻。卢诺弗已经是全村人谈论的话题了。

“你认识他吗？”埃琳博格问。窗外开始下雪了。

“全村的人都彼此认识。卢诺弗是一个很普通的小伙子。可能有点叛逆。他和其他年轻人一样离开村子了。我对他并不是很了解。我觉得克里斯塔娜对他很粗暴——他犯错了，她会鞭打他。她铁石心肠。她以前一直在这里的一家鱼类加工厂工作，后来工厂倒闭了。”

“他在村里还有朋友吗？”

她摇摇手。“据我所知，他们都搬走了。”她说，“现在村里的人口只剩十年前的一半。”

“我知道了。”埃琳博格说，“谢谢！”

转身离开时，埃琳博格看到门边有一个放录像带的架子，还有一个影碟壁龛。埃琳博格没有进去，但有时她想去看看男人们会有兴趣租哪些录像带看。她对犯罪片和爱情片都没有兴趣。她喜欢喜剧片。西奥多拉也喜欢喜剧片，偶尔她俩会一块儿看喜剧片，泰迪和儿子们喜欢看惊悚片。

埃琳博格扫了一眼录像带架，里面有一两部她看过。一个二十岁的女孩也在选片。她和埃琳博格打了声招呼。“您是从雷克雅未克来的警察吗？”

埃琳博格意识到她的到来成了村里的重大新闻。

“是的！”她说。

“村里有个人认识他！”女孩说。

“他？你是说……”

“卢诺弗。他叫瓦尔迪姆。他经营一家修理店。”

“你是谁？”

“我只是来看看电影录像带。”女孩答道。接着她便经过埃琳博格，离开了。

*

埃琳博格在铺着一层厚厚的雪的街道上走着，她看到村庄的北部有一家小修理店。一缕微弱的阳光照在半开的推拉门上，显示出一派饱经风霜的迹象，店铺的名字也已经模糊不清。在埃琳博格看来，它像是历经了枪林弹雨似的。她穿过接待大厅，进入车间，看到一位三十岁左右的男子在一辆拖拉机后面工作。他戴着一顶破旧的棒球帽，穿着一套已经穿黑了的深蓝色工作服。埃琳博格自我介绍说自己是警察。他用抹布擦干净手后问候了埃琳博格，不知道是否该伸手与埃琳博格打招呼。他身材瘦长，面容憔悴。他说他叫瓦尔迪姆。

“我听说你来了，”他说，“因为卢诺弗的事。”

“希望没有打扰到你。”埃琳博格瞟了一眼手表说。十点了。

“不，不打扰！”瓦尔迪姆说，“我正在修拖拉机。没什么事儿。你要问卢诺弗什么事儿呢？”

“我听说他在村里时和你是朋友。你们一直都有联系吗？”

“不，他离开后我们就很少联系。我去雷克雅未克看过他一次。”

“你觉得他会和谁结仇呢？”

“不，我不知道——我们没太多联系，我很多年都没有去雷克雅未克了。我听说他被杀了。”

“是的。”

"你知道为什么吗？"

"不知道，目前还没有结果。我来探访他的母亲。卢诺弗是个什么样的人呢？"

瓦尔迪姆放下手中沾满机油的抹布，打开咖啡壶，倒了一杯咖啡。他问埃琳博格要不要来杯咖啡，但她摇摇头。

"全村的人都彼此认识。"他说，"他比我大，所以我们不怎么在一块儿玩。他不像我们这些野孩子，他家教很严。"

"你们是朋友吗？"

"不是，我们只是相互认识而已。他年轻时就出去了。一切都变了，特别是在这种小地方。"

"他出去上学，还是……"

"不是，他去雷克雅未克工作了。他一直想去那儿。他说只要有机会他就去。他还想出国。他不想在这种偏僻山区里度过余生。他觉得这里是个坑。我不那样想——我觉得在这里挺好的。"

"你知道他喜欢动作漫画或恐怖电影吗？"

"为什么这么问？"

"我们在他家发现了些蛛丝马迹。"埃琳博格说，不过没有细说在卢诺弗公寓里发现的海报和人物模型。

"我不知道。我不记得这种事。"

"我听说她母亲很严厉。你也提到了他家教很严。"

"她动辄发怒。"瓦尔迪姆说着，慢慢地抿了口咖啡。他从口袋里拿出一片饼干，把它泡入杯中。"她有自己的一套教育方式。我没有见过她打他，但是他说过她打他。据我所知，他只说过一次。他很难堪——我想他是觉得很丢脸。他们母子不亲近。"

“他的父亲呢？”

“那个老家伙是个窝囊废。他总是一声不吭。”

“他死于一次事故，是吗？”

“那已经是很多年前的事了，那时卢诺弗已经搬去雷克雅未克了。”

“你认为卢诺弗为什么会被杀？”

“不知道。我不知道。怎么会发生那样悲惨的事，好惨！”

“你认识他交往过的女人吗？”

“女人？”

“是的！”

“在雷克雅未克？”

“是的。其他地方的也行。”

“我一无所知。这件事和女人有关吗？”

“不！”埃琳博格说，“或者，至少，我们还不清楚。我们还不清楚到底发生了什么。”

瓦尔迪姆放下咖啡杯，从工具箱中拿出扳手。

他镇定地工作着，不慌不忙。他从另一个工具箱中找出螺栓，用手指试着螺栓的尺寸，直到找见了一个合适的。

埃琳博格看着拖拉机。瓦尔迪姆在这里工作没有压力，但他每天得工作到很晚。

“我丈夫是个修理工。”埃琳博格想都没想便开口说道。她不习惯和陌生人聊有关自己的事，但是修理店的这个人让她觉得很友好。他看起来很可靠且易于亲近。外面正下着暴风雪。在这儿，她一个人也不认识，感觉离丈夫和孩子很远。

“哦？”瓦尔迪姆答道，“那他的手也总是黑黑的吧？”

“我不会允许那样的。”埃琳博格笑着说，“他肯定是冰岛，甚至全世界，第一个戴手套的修理工。”

瓦尔迪姆低头看了看自己脏脏的手。埃琳博格看到他的手背和手指上有几条疤痕，和泰迪在一起多年后，她了解到这些疤痕都是修理发动机部件时造成的。泰迪也会不小心：有时候他太投入，有时候是工具出差错。

“有妻子的就是不一样啊！”瓦尔迪姆说。

“我还给他买了洗手液，很有效！”埃琳博格说，“你不愿像其他人一样去外面工作吗？”

她看到瓦尔迪姆忍着不笑出来。

“我觉得出去也没事儿可做。”他说。

“嗯，只是个小建议罢了！”埃琳博格解释道，觉得有点难堪。这个人对她产生了影响；他看上去诚恳坦率、心态平和。

“我扎根在这儿，没想过要出去。”他说，“我不是个爱改变的人。我到过雷克雅未克几次，我不喜欢那里。一切都是浮云——炫耀奢侈品、大房子和名牌车。他们对冰岛文化一无所知。他们吃垃圾食品，越吃越胖。我认为那不应该是冰岛人的生活。大家都沉溺于外国人的误导。”

“我有个和你想法很像的朋友。”

“很好！”

“你在这里成家了吧？”埃琳博格接着问。

“我还没成家。”瓦尔迪姆答道，钻进拖拉机下面去了，“我不知道，也没有想过将来会怎么样。”

“你永远都不会知道！”埃琳博格大胆说。

“你还有其他事儿吗？”这个人从拖拉机底下探出头来问。

埃琳博格微微一笑，摇了摇头。因这么晚来打扰，她向这个人致以歉意，然后离开，消失在了暴风雪中。

*

当她回到旅店时，她又遇到了在餐馆服务过她的那个女人。她正穿着围裙，胸前的工作牌上写着她的名字：劳嘉。她正准备出去。埃琳博格猜想她肯定要去客房里忙了。她是能者多劳。

“我听说你去找瓦尔迪姆了。”劳嘉说着，为埃琳博格打开门，“有什么收获吗？”

“没什么太大收获。”埃琳博格答道，她很诧异消息传播的速度如此快。

“他不是很健谈，但人不错。”

“他工作很认真。我回来时他还在干活。”

“他也没有其他事要做。”劳嘉说，“他喜欢干这行。是在修理拖拉机吗？”

“是的，他在修拖拉机。”

“他修拖拉机都快十年了。我从未见过有谁会对拖拉机如此上心。那是他的宝贝。他们给他起了个绰号——瓦尔迪·弗格松。”

“哦！”埃琳博格说，“我要一大早回市里，所以……”

“对不起，我无意占用您整晚时间。”

埃琳博格莞尔一笑，看着这座在暴风雪中逐渐消失的村庄。“我想，这里没多少犯罪事件吧？”

劳嘉准备关门。“是的，没有！”她微微一笑说，“这儿没什么事发生。”

*

但是当埃琳博格躺下睡觉时，她回想起了一下细节；这也许意味着什么，也许不意味着什么。那个她在录像带店碰巧遇到的女孩儿，她对埃琳博格说话的时候特别小声，好像不愿让任何人听到她们的对话似的。

# 7

埃琳博格中午回到了雷克雅未克。她和强奸创伤科的顾问一起来到科帕沃于尔案的受害年轻女子家。

顾问索尔伦大约四十岁。埃琳博格和她共事过。她们在路上探讨警方接到越来越多的强奸案。犯罪数量越来越多，一年 25 起，还有一年是 43 起。埃琳博格对这些数据很了解：她知道 70% 的强奸案都发生在家里，50% 的受害者认识强奸犯。陌生人强奸的数量虽然不多，但是数据也在上升。强奸不一定都会报案；常有轮奸案发生。每年警方要处理六至八起与迷奸药有关的这类案件。

“你跟她说了吗？”埃琳博格问。

“是的，她希望知道实情。”索尔伦说，“她现在的情况很糟糕，已经搬去和父母住了，不见任何人。她想割脉自杀。一周看两次心理医生，我帮她联系了精神病专家。康复需要一段时间。”

“这无法改变法律对这些受害者的轻视。”埃琳博格说，“强奸通常才被判 18 个月？可恶！”

这名年轻女子的母亲在门口迎接她们，并带她们进到客厅。她的丈夫不在家。

她告诉女儿说探访者来了，接下来是争吵。埃琳博格明白，这名年轻女子不想有人来——她不愿再见到警察，她想要一个人待着。

埃琳博格和索尔伦站了起来，母亲和女儿进了房间。这位叫乌娜的年轻女子之前见过埃琳博格和索尔伦，认识她们，但当她们打招呼时乌娜没理她们。

“很抱歉，打扰了！”索尔伦说，“我们不会占用你太多时间的。不是你想的那样。”她们坐下来，埃琳博格不想浪费时间唠家常。虽然乌娜尽量掩饰，但是埃琳博格发现，她在母亲身边坐下时身体不舒服。她故作勇敢。埃琳博格知道这是身体伤害的后遗症，还留有精神创伤。她认为，强奸是最严重的身体伤害，等于谋杀。

她从衣服口袋中取出卢诺弗的照片，那是他驾照复印件上的照片。“你认识这个人吗？”她问乌娜。

乌娜看了一眼。“不认识！”她说，“我在新闻上看过这张照片，但是我不认识他。”她把照片还给埃琳博格。“那么，你们认为是他？是他强奸了我？”乌娜问。

“还不确定。”埃琳博格说，“我们知道他在被害当晚携带了迷奸药出门。消息还未公开，你要保密。但是我认为你应该知道真相。所以我们这么急着见你。”

“我觉得，即使他站在我面前我也不认识他。”乌娜说，“我什么都不记得了。我只模糊地记得我在酒吧里最后交谈的那个人。我不知道他是谁，但肯定不是这个卢诺弗。”

“你能和我们一起去一趟他的公寓吗？到处看看，或许能想起些什么。”

“我……我不去……那件事以后我哪儿也不去。”乌娜说。

“她不想离开家。”她母亲说，“或许你可以把照片拿给她看看。”

埃琳博格点点头。“如果你愿意和我们一起来，那会很有帮助。”她说，“他有辆车——如果你能来看看，我们会非常感激！”

“让我想想！”乌娜说。

“他家最明显的特点是卧室墙上挂有很多好莱坞动作英雄的海报，比如超人、蜘蛛侠，等等。还有……”

“没有印象。”

“还有一样东西。”埃琳博格拿出那个装着披肩的取证袋说道，“我们在案发现场发现了这个。你认识吗？我不能将披肩取出来，但是可以打开看看。”

她把它递给了乌娜。

“我不戴披肩。”乌娜说，“我只有一条披肩，但不是这条。这条披肩是在他的住处发现的？”

“是的！”埃琳博格说，“这一点没有公开。”

乌娜开始思考问题的关键。“他被杀时有女人在场吗？”

“有可能。”埃琳博格说，“我们只知道他用了一种特殊方法让女人来他家。”

“下没下药？”

“我们不知道。”

大家沉默了。

“你们觉得是我杀了他？”乌娜最后问。

这位母亲看着她。埃琳博格摇摇头。“绝对没有！”埃琳博格说，“你别多想，我们只是告诉你的信息多些。你不要误会！”

“你们认为是我杀了他。”

“没有！”埃琳博格肯定地告诉她。

“就算我想杀他，我也杀不了他。我不是那种会杀人的人。”乌娜说。

“还有什么问题吗？”她母亲问道，“你们认为我女儿杀了人？她不会离开家。她周末都和我们在一起！”

“我们知道。你们想多了！”埃琳博格解释说。

她犹豫了一会儿。母女俩看着她。“我们需要你的头发。”她说，“索尔伦会帮你取样。我们想知道案发当晚你是否在他的公寓。他可能是那个给你下药然后强奸你的人。”

“我什么也没做错。”乌娜反对。

“是的，你没有做错。”索尔伦说，“警察只是排除你在公寓的可能。”

“如果我在公寓里呢？”

埃琳博格听到这句话后一阵战栗。她想象不到她的感受，而且她完全不记得被强奸那晚的事情了。“那会为我们提供更多信息来了解你在科帕沃于尔被发现前那些时间里发生的事。”她说，“我知道这很痛苦，但是这里有我们要找的答案。”

“我不一定能想起来。”乌娜说，“我正努力忘记那件事——它不像发生在我身上，而是别人身上。”

“我们谈谈吧！”索尔伦说，“你不该压抑它。过段时间，你就会明白这不是你的错。你没有做错事，无须自责。你是受害者，无须躲藏。你也无须逃避现实，觉得自己脏。你不脏，一点也不脏。”

“我……就是感到害怕。”乌娜说。

“当然！”埃琳博格说，“这完全能理解。我认识很多情况跟你一样的女性。我总是问她们一个问题——她们被强奸后是什么感受。想想吧，你这样封闭自己，正中了那些禽兽的圈套。他们没有权利禁锢你们。你们必须勇敢地抵御他们企图使你们遭受的伤害。”

乌娜看着埃琳博格。“但想想就觉得很恐怖……你再也不能回到从前……我失去了一些东西，而且永远，永远也回不去了，我没法当作什么都没发生一样。”

“这就是现实。”索尔伦说，“我们所有人都一样。我们也回不去了。正因为这样，我们才要展望未来。”

“它已经发生了。”埃琳博格肯定地说，“别总想着它了。如果你总是想着那件事儿，那你就输了。让它滚蛋吧！”

乌娜把披肩递给她。“她抽烟，我不抽。还有其他味儿，如香水味，这也不是我的香水味，还有一些香料味……”

“那是唐杜里菜的味儿。”埃琳博格打断说。

“你认为她就是那个凶手？”

“有可能。”

“她干得好！”她咬牙切齿地说，“干得好，杀了他！干得好，杀了那个畜生！”

埃琳博格看了看索尔伦。她觉得这名年轻女子已经开始恢复了。

*

埃琳博格到家时，天色已晚，孩子们围坐在火炉边。阿伦，那个总是被遗忘的、处于中间的孩子，大胆地玩了瓦尔托尔的电脑。

他的哥哥正在厉声训斥他，埃琳博格一见到这种景象，顿时大发雷霆，呵斥他闭嘴。西奥多拉一边在餐桌上做作业一边听音乐，根本不理发飙的哥哥们。泰迪则躺在沙发上看电视，嘴里吃着回来路上买的炸鸡块。厨房里一片狼藉，到处都是薯片和空酱汁瓶。

“你怎么也不知道清理一下？”埃琳博格朝泰迪怒吼。

“你别管了！”他说，“我待会儿再洗。我想先看完这个节目……”

埃琳博格没有力气发火了。她在西奥多拉旁边坐下。前段时间，他们去见了西奥多拉的老师并让老师给西奥多拉推荐些课外学习资料。老师非常热情地给她推荐了一些更具挑战性的资料。他们谈起西奥多拉或许能在一年内学完三年的内容，如果她愿意的话，可以考虑跳级提前上中学。

“新闻上说你们在他身上发现了迷奸药。”西奥多拉摘下耳机说。

“他们是怎么知道这个消息的？”埃琳博格问。

“他是流氓无赖吗？”西奥多拉问。

“可能吧。”埃琳博格说，“别再问我这些了。”

“他们说你去寻找那晚他带回家的女人。”

“可能是她在那里杀了他。现在别问了！”埃琳博格反驳道。“你在学校吃了什么？”

“黑麦面包汤。很难吃。”

“你对食物太挑剔了。”

“我要吃你做的面包汤。”

“你当然爱吃了。那可是天才的杰作。”

埃琳博格告诉西奥多拉，自己小时候也很挑食。我从小就爱吃传统冰岛菜。她对女儿讲自己小时候的事，好像在讲中世纪的生活。埃琳博格的母亲是一位家庭主妇，每天买菜做饭。她的父亲是渔业公司的职员，每天中午会回家吃饭，然后躺沙发上收听午间新闻。午间新闻从12：20才开始播放——为了方便像他一样的公司职员。通常，午间新闻片头曲一响起，他刚吞下最后一口饭，并起身。

午餐时，埃琳博格的母亲会做黄油面包水煮鱼，或者土豆肉泥面包，每天午餐都是这两样。

工作日的晚餐一般都很固定。埃琳博格的母亲亲自下厨。周六他们吃咸鳕鱼，咸鳕鱼一般事先被她的母亲浸泡在厨房的一个木盆里——她的父亲用来泡脚的木盆，所以这天埃琳博格几乎不吃咸鳕鱼。周日他们烤羊肉、炖肉汤，吃焦糖土豆。偶尔换换口味吃羊排。烤肉总伴着腌制的红色卷心菜和豌豆一块儿吃。腌羊肉伴着大头菜或带白色酱汁的马肉香肠偶尔也吃，但次数很少。如果周日没有烤肉剩余的话，周一就吃鱼，或者推迟至周二吃。周二有炸面包，抹上黄油或蛋黄酱。周三吃熏鱼，但埃琳博格认为这不好吃，因为长时间的烹饪让窗户都蒙上了一层水蒸气，而且板油也无法让烟熏鱼口感好。周三有时也吃鳕鱼子或鳕鱼肝，这稍微好吃点。埃琳博格一想起鱼白就觉得恶心，她从不吃内脏。周四母亲总是毫无顾虑：记得一次周四埃琳博格先吃点意大利面，她觉得那简直是要命，太难吃了，加入番茄酱才勉强能下咽。周五，面包和烤羊排或者牛排，伴些黄油和炸鱼。

日子一天天过去了，埃琳博格童年记忆里的这些食物都不曾变过。一顿现成的晚餐一年也就吃一两次：她的父亲把烟熏羊肉麦芽面包或蛋黄汁拌虾麦芽面包带回家。

埃琳博格19岁时第一次吃到装在一种写有“法式炸薯条”硬纸盒里的烤鸡块。那是难忘的一天。她不是特别喜欢吃这类食品，她的父母也没再买过。她喜欢看书里的菜谱，她总是记得儿童小说里有关美食烹饪的描述，如橘子酱、培根、姜汁啤酒。她还记得读过一本《融化的奶酪》。她花了很长时间才知道融化的奶酪是怎么做的。她之前不知道奶酪除了从冰箱里拿出来切成片放在面包里还能有其他吃法。

埃琳博格对食物很挑剔，一直都对母亲煮菜的手艺很不满意，母亲总是认为：食物只有煮成糊状后才能吃，黑线鳕鱼片都要煮二三十分钟。埃琳博格害怕在餐桌上被鱼骨卡住喉咙。她不爱吃油腻腻的炸肉面包，她觉得肉是没有味道的，焦糖土豆很恶心。她从不吃周二配有洋葱酱的羊羔肝脏。她认为动物的肝脏不能吃。她的食品黑名单很长。

埃琳博格的父亲才60多岁就患了心脏病，她一点儿也不奇怪。他活下来了，而且她的父母一直住在她小时候的家里。她的父亲退休了，但仍耳聪目明，生活能够自理。她的母亲每周仍煮鱼。

埃琳博格对食物挑剔的毛病改不了，她长大后有一套自己的烹饪方式时，母亲也允许她在厨房用已有的食材自己做。她会在周四吃完意大利面之后再吃一些她自己爱吃的黑线鳕、肉排或者鱼面。她对烹饪很感兴趣：圣诞礼物或生日礼物她总要求得到一本烹饪书，订阅食谱读物或有烹饪栏目的报纸。但是她不想成为一名厨师，她只想做一些家常菜。

埃琳博格离开家时，她的厨艺已经改变了一些家人的饮食习惯，家人的其他生活习惯也随之发生了微妙的变化。例如，她的父亲不再一回家就吃饭，饭后立即躺下，然后听新闻。她的母亲白天出去工作，晚上疲惫地回到家，但是她很欣慰埃琳博格会自己做饭。她在杂货店工作，整天都站着，双腿酸痛，所以每天晚上她都要泡个热水澡，但是她很快乐，因为她想融入社会。

高中毕业后，埃琳博格离开家，租了一个地下室的小公寓。暑假，她经叔叔介绍有了一份稳定的警局工作。她想上大学，学地理学专业。小时候她梦想着和一伙志同道合的好朋友环游世界。刚开始她很喜欢这个专业，但是工作后她慢慢发现地理学不适合她。

她检查了西奥多拉的家庭作业，想知道女儿长大后会干什么。她喜欢科学——物理或化学方面，常常说上大学要学这个专业。她还想出国读书。

“你有博客吗，西奥多拉？”埃琳博格问。

“没有。”

“可能你年龄还小。”

“不，我觉得写博客很愚蠢。我觉得记录自己每天的言行举止很荒谬。这是我自己的私事。我不愿意把它放到网上。”

“现在人这样做是很奇怪。”

西奥多拉抬头。“你看过瓦尔托尔的博客吗？”

“我都不知道他有博客。我是无意中看到的。”

“他那都是无稽之谈。”西奥多拉说，“我告诉他不许提到我。”

“还有呢？”

“他说我是个傻妞。”

“你认识他写的那些女孩吗？”

“不认识。从没听他说过。他会跟别人说，但是不告诉我。我很久以前就不和他讲话了。”

“你觉得我应该坦白说我看了他的博客吗？”

“至少可以让他不再写我们了。他也写了你，还有爸爸。我不像他那样大喇叭。”

“我不知道该不该看，如果我看了他的博客，他会怎么样？”

“你会告诉他吗？”

“我不知道。”

“或许你应该看。在我对他写的内容发火之前我已经看了几个月了，然后我告诉了他。他说我是书呆子。我认为，如果他觉得这是窥探他的隐私的话，那他就不会放到网上了。”

“你刚才说几个月了？他写了多久了？”

“一年多吧。”

埃琳博格认为，浏览儿子已经公开的博客不算是窥视行为。她不想干涉，因为她觉得他可以对自己负责任，但是她又担心对外公开家庭成员和朋友不好。

“他什么也不和我说。”埃琳博格说，“或许我该和他谈谈，或者让你爸爸去谈。”

“让爸爸去谈吧。”

“当然，他几乎是个成年人了，将要上大学……我们已经没有共同语言了。我们之前可以好好谈，但现在我们很少交流。我只能通过看他的博客来了解他。”

“瓦尔托尔准备从这里搬走。”西奥多拉用一根手指拍着前额说。然后她回屋去做家庭作业了。

“他有什么朋友吗？”过了一会儿，西奥多拉问，但眼睛仍没离开书本。

“他？瓦尔托尔？”

“不是，那个被杀的男的。”

“我觉得有。”

“你找他们谈过了吗？”

“没，我不负责这个。其他同事正在调查他们。怎么了？”她的女儿有时像在说谜语一样。

“他是干什么的？”

“他是名电信工程师。”

西奥多拉沉思地看着她。“他们会和很多人打交道。”

“是的，他们会去别人家里。”

“他们会去别人家里。”西奥多拉重复道，又开始写对她来说很简单的数学作业。

埃琳博格外套口袋里的手机铃声响了，她走到客厅接听。这是她的工作手机。

“对卢诺弗的初步验尸结果已经出来了。”西于聚尔·奥利开门见山说道。

“是吗？”埃琳博格说。她很不喜欢对方不亮明身份就说话，即使是关系密切的同事。她瞥了一眼手表。“难道就不能等到明天吗？”她问。

“你想不想知道结果？”

“西于聚尔·奥利……”

“他们查出了氟硝安定。”西于聚尔·奥利说。

“是的，我知道。他们告诉我们时我也在场。”

“不，我是说他们在卢诺弗的体内查出了氟硝安定。他的嘴里、喉咙里有很多。”

“你说什么？”

“他的体内查出了大量这种药！”

# 8

电话公司的客户部经理在午饭后接见了埃琳博格和西于聚尔·奥利。西于聚尔·奥利心烦意乱——他正在处理另一起棘手的案件，只有一半心思在辛霍特街谋杀案上。此外，他和贝格索拉的关系不好。他已经搬出来了，他们尝试解决分歧的努力失败了。最近她邀请他晚上过来一趟，但是他们吵架了。他没有告诉埃琳博格。他觉得这是个人隐私。在去电话公司的路上，两人几乎没有说话，除了埃琳博格问他自从埃伦迪尔去了东峡湾后有没有他什么消息。

“什么也没有！”西于聚尔·奥利说。

埃琳博格很晚才上床睡觉，但直到半夜才睡着。她一直想着卢诺弗和迷奸药。她没有告诉瓦尔托尔博客的事，因为当她正打算告诉他不要在博客中谈及家中之事时，瓦尔托尔就已经出去了。

泰迪轻轻地打着呼噜。她觉得他睡眠一贯很好，这表示他很淡定地看待自我和周遭的环境。他既不抱怨，也不健谈。他喜欢平静的生活，不爱热闹。他的工作压力不大，也从不把工作带回家。埃琳博格偶尔觉得工作压力很大时，她会想着当初应该坚持学地理学，或者如果没有进警局她现在也不知道在干什么。或许她成了一名教师；她之前在警察培训学院教授过课，她很喜欢当教员。或许她会读研究生，成为一名科学家，研究洪水和地震。有时看着警局里法医们工作，她又觉得法医这项工作可能适合她。当前的警察工作也没有特别不愉快，但她所亲历的残酷现实和可怕的案件又让她不再这么想。她不明白为什么人类会做出如此残忍的野兽行为。

“电信工程师到底是做什么的？”埃琳博格问经理，“这项工作要做什么？”

“哦，要做很多事情！”经理拉鲁斯说，“他们负责电话系统，负责大部分维修和安装。我查了一下卢诺弗的档案。他从技校毕业后就直接来我们公司工作了，已经工作了好几年。他很优秀，人缘很好。”

“你觉得他为人怎么样？”

“我觉得还行。我和他接触得很少，但是我听说他做人严谨，准时上班，为人随和。大家都不明白这样的事怎么会发生在他身上。我们不明白那天到底发生了什么。”

“嗯！”埃琳博格说，“他们这些维修人员会去别人家吗？”

“卢诺弗会。他要修网络、宽带、室内电话、电子调音器、光纤。我们提供金牌服务。人们不懂电脑和技术。最近，有个家伙打电话来，说他整天踩在鼠标上，以为那是个踏板。”

“您能给个卢诺弗近期的顾客名单吗？”埃琳博格说，“他负责雷克雅未克市区，对吧？”

“你们需要得到授权。我可以拿到名单，但是我认为这涉及隐私，所以……”

“没问题！”埃琳博格说，“今天关门前你就能看到一份授权。”

“你们要去拜访他所有的客户吗？”

“有必要就去。”埃琳博格说，“你认识卢诺弗的朋友吗？公司里的或者其他地方的？”

“我不认识，但是我可以帮你们问一问。”

*

那一周末，卢诺弗被杀过程没有被市中心的官方媒体监控录像记录下来。有八部摄像机监控着市中心的繁华商业地段。或许这帮不了什么忙，因为有很多其他出入他家的路。或许是卢诺弗刻意避开监控。出租车司机被警察提审：是否见过他或载过他？但这都没有结果。那个地区的夜班公交司机也接受了问讯。警方查验了卢诺弗的信贷卡，卡上显示他只刷卡采购食品、分期还贷电脑和苹果播放器以及日常开销，如话费、暖气费、电费和电视费。

电话公司给警方提供了卢诺弗的手机信号数据，明确事发当晚他的行踪。即使他没有使用手机，他的行踪仍能被检测到，但是作为电信工程师他肯定知道，这种信号的追踪只能局限在信号发射区三公里范围内。如果卢诺弗想有意避开被追踪，那么他会把手机留在家里：事实证明，案发当晚手机没有离开过市中心。

*

科帕沃于尔那位年轻女子的头发样本已经被送去做DNA检测，所以这就可以和在卢诺弗家中、车上发现的样本做对比了。要确定她是否是案发当晚的被迷奸者还需要一段时日。但她没有嫌疑，因为她有不在现场的证据。卢诺弗死时穿的T恤和公寓里的披肩已经被送去检测，以确认是否属于同一个女人。他的电脑里没有任何证据来揭示案发当晚他和谁在一起。事实上，他电脑浏览器上的历史记录非常少。网页显示他似乎有买一辆二手车的打算，因为案发当天他浏览过的网页大多是卖旧车的。他还浏览了冰岛国内外的体育场地，以及与他工作相关的主题。他所有的电子邮件都与工作有关。

“他不像我们一样常用电子邮件。”法医说，“我觉得那是故意的。”

“故意的，是什么意思？”

“他没有留下任何线索。”他解释道。

埃琳博格此刻正站在警局总部办公室的门道上。门道太窄，以至于她无法进入办公室。这位法医身材魁梧，好像被困在他的迷你办公室里似的，无法动弹。

“有什么不对吗？有些人想到什么就写什么，而有些人就谨慎得多。毕竟，我们也不知道谁会阅读我们的邮件。”

“你可以想方设法偷偷看。”他说，“正如在平常我们所看到的——某人的丑闻突然出现在报纸的头条。说实话，我从不在邮件中写重要的信息。但我觉得这个男人不只是谨慎——他谨慎得太过了。他没有在其硬盘中留下任何私人的重要信息，只有一些与工作相关的内容。没有聊天记录。没有文件夹。没有个人想法。没有日历。什么也没有。我们只知道他喜欢电影和足球。就这些。”

“没有关于他女朋友的吗？”

“没有。”

“他是故意的吗？”

“是的。”

“因为他想要隐瞒某些东西？”

“有可能。”法医摸着电脑说，“他好像有晚上关机之前删除网页浏览记录的习惯。”

“迷奸药携带者有这种行为不奇怪。”

“嗯，或许吧。”

“所以，我们没法知道他上网干了什么？”

“我再找找看。即使他点击删除还是会留下一些蛛丝马迹。他的网络服务提供商或许可以帮助我们。实际上，它像是国外的，所以它应该一直都存在。”他叹气道，接着便从嘎吱作响的椅子上站起身。

*

尸检报告显示，卢诺弗健康状况良好。他身材矮小，身体消瘦，但身材比例很均衡。身上没有伤疤，体能正常。

“总之，他是一个健康的年轻人。”病理学家陈述完报告后说。

他站在市太平间，面对着埃琳博格。尸检结束了，尸体要送到冷藏室。病理学家拉开抽屉，埃琳博格低头看着尸体。

“这不是一起简单的死亡事件。”病理学家继续说，“他的脖子上有一个大伤口和一些小伤口，喉咙上有伤痕，像是有人故意勒紧他的脖子，而且证据显示他没有反抗。”

“这不算特别复杂，反倒有些奇怪。做得这么干净利索。喉咙用刀片割开，几乎和手术解剖刀一样锋利。真正的伤口是由一阵持续且猛烈的撞击所致，就像专业外科手术刀口。我认为，凶手是用暴力制服了他，让他有段时间动弹不得，因为在割开他的喉咙使他倒地之前，他的脖子上还有一些小切口。他挣扎了一小会儿，不长，但可能有一分钟。你没有发现任何打斗的痕迹吗？”

“是的。”

“他死前不久有性交行为，这点你知道的。至于性交行为是否属于两情相悦，我就不敢保证了，因为没有证据可以证明。当然，他死了这个事实除外。”

“尸体上没有痕迹吗？没有抓伤或咬伤？”

“没有，但是你不能就推断那个女人服用了迷奸药。”

侦查队再次来到卢诺弗家中侦查，看看是否能发现其他线索。他被发现时穿着一件对他来说尺码过小的T恤，T恤可能是一个女人的。除了一件披肩，公寓里再没有其他任何女人的衣物了。他们推断，T恤是回来过夜的那个女人的：如果实施了强奸，卢诺弗肯定先脱了她的衣服，再强奸她，之后又从穿她的T恤中得到乐趣。看起来他曾试着营造一种浪漫的气氛：除了客厅，其他地方都没有亮灯，而且在客厅和卧室里发现了燃烧过的小圆蜡烛。

侦探们也不确定是否发生了强奸。仅仅根据案发现场的证据来做出推断是不完全可信的：虽然卢诺弗家中有迷奸药，但也可能什么都没有发生，例如，在杯子中没发现迷奸药。也许他和那个女人发生了关系，并在做爱时穿上了她的T恤，然而出于某种原因，她拿起刀，割开了他的喉咙。其他人推断，有第三个人闯入：卢诺弗在慌乱中穿上了T恤，还没有穿上裤子就死了。可能是那个女人杀了他，但这种可能性也值得考虑：其他人实施了谋杀。埃琳博格觉得后者可能性比较大，虽然她目前还没有证据。凶器可能是那个凶手的，因为四把厨房刀都挂在墙上的磁片上。或许之前有五把刀。凶手用的是第五把，然后带着刀逃走了。由于不能确定那把刀是否被拿走了，警察对辛霍特街进行了全面的搜查，但是仍然没有结果。

在卢诺弗的嘴巴和喉咙里查出了迷奸药。他不可能自己去吃这些药。

“他的尸体内有大量的迷奸药吗？”她问。

“是的，真的很多，看上去像是有人强迫他吃的。”

“但是怎么没有进入血液？”

“我们也不知道。”病理学家说，“毒药筛查需要更长的时间。”

埃琳博格看着他。“是的，当然！”

“要十分钟药才能发挥作用，药效发挥之后他就没有自卫的能力了。”

“这与我们没有发现任何打斗的痕迹相符。”

“完全正确。无论有多想，他都不可能进行任何反抗。”

“有可能他也是受害者。”

“你的意思是他吃了自己的药。”

“所以是有人强迫他吞下药，然后残忍地割开他的喉咙？”

病理学家耸了耸肩。“这是你所在部门的工作了。”

埃琳博格低头看了看尸体。“他看起来很健美。他可能是在健身房认识了一个女人。”她说。

“有可能，如果他锻炼的话。”

“他去人们的家里，也去他们的办公室。他是一名电信工程师。”

“他到处晃荡。”

“这儿有很多酒吧和俱乐部。”

“你认为他是随意约人还是有目标的约人呢？”

警察们详细地讨论着这一问题。有人认为，卢诺弗的作案手法很直接：他在酒吧认识了一位女子，然后带回家过夜。那位女子觉得他长得帅就跟他回家了。至于他是否携带了迷奸药，证据还不充足。其他人认为，他绝对使用了迷奸药，而且作案手法非常系统。他不相信靠走运就能结识某位女子。他们或许认识，但仅仅只是认识而已。

“也许吧！”埃琳博格说，“我们可以找找他约的那名女子。我们不能排除她是凶手的可能。”

“至少，伤口像是女子所为。”病理学家说，“这是我见到伤口时的第一感觉。我记得有一种老式剃须刀，刀片能够折叠放入手柄里。你们明白我的意思吗？”

“你具体说说伤口吧。”

病理学家低头看着尸体。“伤口很光滑。”他说，“我第一眼看到它时，就觉得几乎是女子所为。”

# 9

酒吧里很暗。街道一侧的大窗户破损了，现在已经用胶合板补好了。看上去像是最近修好的。埃琳博格认为这可能是一种暂时的补救措施，也可能不是。门边的玻璃窗也烂了，有很长时间了。上面用黑色的胶合板盖住了，胶合板上有许多划痕和涂鸦。看来店主并不打算安装新玻璃。埃琳博格自言自语道。

店主正趴在酒吧台上。她打算和他说说窗户的事儿，但后来没了兴趣，不打算说了。这里肯定发生过打架事件。可能是有人抓起桌子朝窗户处扔了过去。她不想知道。

“贝尔迪在吗？”埃琳博格问了问店主，他正在往冰箱里放饮料。她只能看见他的头。

“这里没有人叫贝尔迪。”他头也不抬地答道。“弗莱贝特。”埃琳博格解释道，“我知道他常来这儿晃荡。”

“很多人都会来这儿。”店主站起来说。他看上去大约50岁，身材消瘦，面容憔悴，胡子乱糟糟。

埃琳博格四处看了看。她数了数，一共有三位顾客。

“总是这么忙吗？”她问。

“你怎么不出去？”他反驳道，然后继续工作。

埃琳博格感谢了他的帮助。这是她去的第二家销售迷奸药的酒吧，这一线索由缉毒队提供。他们和刑事调查局合作调查辛霍特街谋杀案。

*

埃琳博格知道氟硝安定是一种催人昏迷的药物。冰岛法律严格规定，只能用于医生开处方时使用。卢诺弗没有任何医疗记录，但埃琳博格确定他搬到雷克雅未克后去过两位医生那里。

三年过去了，卢诺弗没有患过任何重大疾病，这一点病理学家已经证实。未经法院允许，两位医生都不愿提供与卢诺弗咨询有关的任何信息，但他们都确定他们没有给卢诺弗开氟硝安定。埃琳博格认为，卢诺弗无法从医生那里得到氟硝安定，这很正常。他也可能从其他国家买药，但是近六年来他没有离开过冰岛。根据他同事的证词，他最后一次旅行是去了西班牙的贝尼多姆，在那里度假三周。航空记录显示他从那以后再也没有乘坐飞机，所以，最大的可能就是他从冰岛的黑市上购买了迷奸药。

埃琳博格朝酒吧顾客中的其中一位走去，她的年龄不易断定，正坐在吸烟区吸烟。烟蒂快烧到她嘴唇的时候，她把它扔了。桌子上有半杯啤酒，旁边还有个空杯子。

花的都是纳税人的钱，要是西于聚尔·奥利看到，就会这样抱怨。

“贝尔迪来了吗，索拉？”埃琳博格坐下问。

女人瞥了她一眼。她穿着一件脏兮兮的大衣，戴着一顶破旧的帽子：她大概四十多岁了，或者说快要五十岁了。“你要干什么？”她沙哑地问。

“我想跟他谈谈。”

“你怎么不跟我谈呢？”索拉反驳道。

“待会儿再跟你谈！”埃琳博格说，“现在我想找贝尔迪谈。”“你们都不想跟我说话。”索拉抱怨道。

“胡说！”

“没人跟我说话。没人愿意跟我说话。”

“你最近见过贝尔迪吗？”埃琳博格又问。

“没有。”

埃琳博格看了看另外两位顾客：她之前从未见过的一男一女坐在桌前，一边抽烟一边喝酒。男人说了几句话，站起来，在角落的水果机上丢进一枚硬币。女人坐在桌前，喝着酒。

“你想找贝尔迪做什么？”索拉问。

“这和一起强奸案有关。”埃琳博格回答。

索拉的注意力从啤酒上转移了过来。“他强奸人了吗？”

“不，不是他。我需要从他那里了解一些信息。”

索拉将酒一饮而尽，看着正在玩水果机的那个男人。“该死的强奸犯！”她咕哝着说道。

埃琳博格之前见过索拉几次。她不记得索拉的全名。索拉从小就过着悲惨的生活：她总是和失败者、嗜酒者在一起，她自己挣钱养家，家里一团糟。她的行为偶尔会触犯法律，例如，进商店行窃，从晾衣绳上偷衣服，她一旦喝醉就什么也不知道了。她很敏感焦躁，这总是让她很困扰。她常常被打，所以她是医院急诊室的常客，也常常被拘留在警局里。

“我正在调查一名被指控的强奸犯。”埃琳博格不知道“被指控”这个词是否能让索拉提供出一些有用的线索。

“希望你们赶紧抓住那个禽兽！”索拉说。

“我们已经抓住他了。我们想找出是谁杀了他。”埃琳博格解释道。

“他死了？结案了吗？”

“我们想知道是谁干的。”

“为什么？你打算给他发奖章？”

“可能是个女人干的。”

“干得好！”索拉说。

“我听说贝尔迪常来这里……”

“他是个傻瓜。”索拉低声说，“我从来不用他卖的那些脏东西。”

“我只是想和他谈谈。他不在家。”

根据缉毒队提供的线索，贝尔迪手上掌握了开药方的方法。他和市里各类医生打交道，有些医生会给他所需要的药。贝尔迪以他自己的方式卖药拿回扣。氟硝安定就是这类药。没有确切证据显示他的客户购买氟硝安定用作迷奸药，他们最多就是用来催眠。氟硝安定对那些吸毒者的脱瘾症状也很有效。在卢诺弗公寓里没有发现其他药，这表示他使用氟硝安定只有一个目的——鉴于这种药是死者的。

埃琳博格静静地坐着，听着索拉谈论处方药、可卡因、停药和强奸，以及人类的生活有多悲惨。

“你知道贝尔迪最近怎么样吗？”埃琳博格问，“有什么方法能让我找到他？”

“我看见他和宾娜·盖尔斯在一起。”索拉说。

“宾娜？”

“他要把东西给她。”

“谢谢，索拉！”

“啊，谢谢我……你能给我买瓶酒吗？这样，老板就不会赶我出去了。”她点头指向吧台，店主正生气地看着她们。

*

卢诺弗案似乎又有了进展。案发当天下午一点，一家健身房的监控录像监控到了卢诺弗。他在一个半小时后离开了。他是一个人来的，从他的行动轨迹来看，他没有对任何人说话，也没有任何人和他一块儿离开。人们甚至没有注意到卢诺弗，他们只是习惯性地把他当作常客，对他没有任何意见。

这家健身房的老板之一是一位私人教练，他认为卢诺弗人很好，他是两年前从其他健身房转过来的。埃琳博格知道这是全市最受欢迎的健身房之一。她看见一系列的运动设备：跑步机、体重测量器、运动单车，还有许多她不了解的设备。墙上是一个巨大的平面镜，给进店减肥的顾客使用。

“是他教我，而不是我教他。”私人教练笑着说。他们站在场馆中心。“他都会。”教练补充道。

“他常来吗？”埃琳博格问。她拿着一张在卢诺弗公寓里发现的会员卡。

“一周来三次，下班后。”

“他体型很好！”埃琳博格说。这位教练是个三十岁的肌肉男，生活快乐，热情洋溢。他的皮肤是晒黑的古铜色，牙齿闪闪发亮。

“卢诺弗很健康。”他看了看埃琳博格后说。她觉得他正在目测她的健康状况，她猜他的结论是：她做的是份枯燥乏味的工作。

“你知道他为什么转来吗？”她问，“他什么时候来的，两年前吗？”

“不，我不知道。我觉得他可能是住在附近。一般都这样。”

“你知道他以前在哪家健身房健身吗？”

“我记得是在一家叫‘坚定’健身房吧。”

“‘坚定’健身房？”

“有人告诉过我，他过去常去那儿。在这里大家都相互认识。”

“他在这里有朋友吗？”

“不太清楚。他一般都自己练，有时会有同伴一起——我不知道那个家伙的名字。他有点胖，不结实。他不健身，只是坐在咖啡厅。”

“卢诺弗有没有说起过女人呢？”

“女人？没有。”

“所以，你不认识和他有过接触的女人，是吗？”

教练想了想。“是的，他没有说过。”

“好的。”埃琳博格说，“谢谢！”

“不客气。我希望能帮得上忙，但我几乎不了解他。多么可怕的事情啊！太可怕了！”

“是的！”埃琳博格说。她向这位笑容灿烂、古铜肤色的教练道了别，并很快忘了卢诺弗谋杀案的残忍。

埃琳博格到停车场时，忽然有了个新想法，就又回到了健身房。她发现教练正伏在一个六十岁的胖女人身上，她穿着花哨的运动服躺在地上。很显然，她在重量计上下不来了，并解释说自己拉伤了肌肉。

“不好意思！”埃琳博格说。

教练抬起头。他的前额满是汗珠。

“什么事儿？”

“他来这儿后有没有女人不再来了？”

“不再来了？”

“有没有女人突然停办健身卡？无缘无故？她本是老会员，但是他来之后她就不来了？”

“请……”大块头女人说，乞求扶她起来。

“会员常常会不来。”他说，“我不知道……”

“我是问有没有什么异常情况。某个女人一直都来，但是突然就不来了。”

“我没有注意过。”教练说，“我要管理这里的一切。我是老板，你知道的。嗯，共同所有人。”

“我觉得很难去关注谁来了谁走了。这里的人很多。”

“我们这儿很受欢迎。”教练说。

“是的。”

“没有人因为他不再来了。”教练说，“我觉得没有。”

“听着，你介意……”重量计上的胖女人好像很无助。

“好吧！”埃琳博格说，“谢谢！你想让我帮你……”

胖女人来回打量了一番。

“不，不，没问题！”教练说，“我可以的。”

埃琳博格离开时听到胖女人在尖叫，之后气愤地骂着教练。

*

警察问了卢诺弗的几个熟人，包括他的邻居和同事。大家都觉得他热情洋溢，没有人说他不好。他的死亡和身上发生的事都让他们觉得不可思议。他的一个同事说他有个朋友名叫爱德华；他们不在一块儿工作，但是卢诺弗常常提起他。埃琳博格记得在卢诺弗的通讯记录中多次出现过爱德华这个名字。当警方找到爱德华时，爱德华没有否认认识死者，但是他不知道能否在问讯中给警方提供线索。无论如何，埃琳博格让他来警局一趟。

爱德华从新闻中知道了迷奸药。与朋友的死比起来，他更震惊迷奸药的事实：他觉得肯定有误会，卢诺弗不是那种会用迷奸药的人。一定是媒体歪曲了事实。

“他是哪种人？”埃琳博格请爱德华在办公室坐下。

“我不知道。但是他不会，这点我肯定。”

爱德华诧异地盯着她，他解释说他们彼此很了解。卢诺弗搬来雷克雅未克后不久两人就成了好友。之前并不认识。爱德华是一名老师，两人是在大学暑假期间的工作中认识的，常常一起去看电影、看球赛。两人都单身，很合得来。

“你们会一块儿去市里吗？”埃琳博格问。

“时不时去。”男人回答。他三十岁左右，体型偏胖，一缕胡须，笑容满面，头发稀薄。

“卢诺弗和女人合得来吗？”

“他一贯很友好。我不知道你为什么这样问，但是我从未见他伤害她们。不害女人，也不害其他人。”

“我们在卢诺弗的衣服口袋中发现了氟硝安定，这怎么解释呢？”

“他真的是一个很不错的家伙。”爱德华说，“肯定是有人栽赃给他的。”

“他死时有喜欢的女人吗？”

“到目前为止还没有。怎么了？有人联系过你？”

“你认识他的女人吗？”埃琳博格没有回答，接着问，“他有喜欢或者同居的女人吗？”

“我觉得他没有固定的或长期的女友。他没有和任何人住过。”

“你最后一次看到他是什么时候？”

“那个周末前，我们还说过话。我们打算见个面。我问他是否有计划出去，但他说他打算待在家里。”

“你们周六也通话了？”

警方仔细检查了卢诺弗死前几周的通话记录，包括座机和手机，埃琳博格也检查了当天早些时候他的通话记录。卢诺弗没有接到很多电话。大部分电话都是关于工作的，但是有一长串数字在手机上，警方打算进一步调查。爱德华的名字简写在通讯录内。

“我还建议一起去运动酒吧看英国足球赛。我们有时周六去看。他说他要去做别的事，但没有具体说做什么。”

“他听上去高兴吗？”

“和平常一样。”爱德华说。

“你们一起去健身房吗？”

“我有时和他一起去。我只是喝咖啡——我不健身。”

“他提起过他的父母吗？”埃琳博格继续问。

“没有，从不提起。”

“他的童年、他长大的村庄呢？”

“没有。”

“你们一般聊什么？”

“足球……都聊足球、电影。普通话题。没什么重要的。”

“女人呢？”

“偶尔吧。”

“你觉得他一般怎么看待女人？”

“没什么特别或是不正常的。他不讨厌女人——他对女人的态度很平常。如果看到美女，他会聊聊。就和我们一样。”

“他喜欢看电影吗？”

“是的，美国动作电影。”

“超人吗？”

“是的。”

“为什么？”

“他欣赏他们。我也是。这是我俩的共同点。”

“你墙上有他们的海报吗？”

“没有。”

“他们不是都过着双重人格的生活吗？”

“谁？”

“超人。”

“我不明白你说的。”

“他们通常不都是从普通人变成超人吗？在公用电话亭里，或者其他地方？我不是特别了解。”

“哦，我想是这样！”

“你的朋友也过着双重人格的生活吧？”

“这我就不得而知了！”

# 10

雷克雅未克的印度餐馆很少，而且相互距离很远，埃琳博格对这些餐馆很熟悉。她到处寻访希望能找出披肩的主人，她随身带着它，并拿给这些餐馆的店员看。披肩上刺鼻的香味已经褪去，没有人认识这条披肩。她很快排除了店员的可能性：她们人数很少，而且都是在家族餐馆里工作；她们都有不在现场的证据。

这些餐馆都有一批固定的顾客；警方问讯他们，无果。这个方法同样用在了开在冰岛的其他印度餐馆。在短时间内，警方推断，这些人未涉入此案。

埃琳博格知道雷克雅未克唯一一家出售唐杜里锅和其他配备——食材、香料、油等烹饪印度菜所需材料的商店。她常常去那儿买东西，和老板兼店员的乔安娜很熟。她和埃琳博格同龄，冰岛人，曾在印度居住过一阵。她是个很直率的女人，会向每个人介绍自己，所以，埃琳博格知道乔安娜年轻时到东方的很多地方旅行过，她觉得印度是一个有希望的地方。她在印度待了两年，然后回到冰岛，开了一家亚洲进口商店。

“我卖的唐杜里锅不多。”乔安娜说，“一年也就卖出一两口。一些人不喜欢用唐杜里锅煮菜，仅仅把它当作一种装饰。”

她知道埃琳博格是一名警察；她也知道埃琳博格喜欢烹饪，并喜欢埃琳博格的烹饪书。埃琳博格说她正在找一位三十岁左右的年轻女人，她或许喜欢吃印度菜。她没有说太多，也没有说起谋杀案，但是乔安娜很爱打听，她想知道一些相关的信息。

“你找她干什么？”乔安娜问。

“和一起药剂案子有关。”埃琳博格说。她不想说太多真相。“我不太想了解唐杜里锅，而想了解这些常用的香料：藏红花、芫荽、胭脂、马萨拉、肉豆蔻粉。你有常买这些香料的顾客吗，她大概三十岁，深褐色头发？”

“药剂案子？”

埃琳博格笑了笑。

“所以你什么也不会告诉我吗？”

“这只是例行问讯。”埃琳博格说。

“不是辛霍特街案吗？你不是正在调查那起案件吗？”

“你想起谁了？”埃琳博格避而不答乔安娜的问题。

“目前香料生意不怎么好。”乔安娜说，“现在大家都在网上或者超市里买。我这里没有像你这样固定的顾客。我并不是在抱怨。”

埃琳博格耐心地等着。乔安娜知道她对经营这种小生意所面临的困境不感兴趣。

“我想不起什么特别的人。”她说，“来这里的什么人都有，你知道的。有很多三十岁左右的女人，而且都是深褐色头发。”

“她可能只来了几次。她或许对亚洲烹饪，如印度的唐杜里菜感兴趣。你也许和她交流过。”

乔安娜想了很久，还是摇了摇头。

埃琳博格拿出装着披肩的取证袋，打开放在柜台上。所有的检测已经结束了。“你记得有女人披着这条披肩来过吗？”

乔安娜仔细想了想。“这不是羊毛的吗？”她问。

“是的。”

“很漂亮。是印度图案。哪里产的？”她找了找衣服标签，但是没有找到。“我不记得之前见过，很抱歉。”她说。

“好吧。”埃琳博格说，“谢谢！”她收好披肩，把它重新放回取证袋里。

“你在找它的主人吗？”乔安娜说。

埃琳博格点点头。

“我可以给你个名字。”乔安娜想了一会儿说，“我……信用卡收据上有几个名字。”

“那太好了！”埃琳博格说。

“你不能把我说出去。”乔安娜说，“我不想惹麻烦。”

“明白！”

“我不想让顾客知道我给警方提供了线索。”

“当然！我会保密的。别担心！”

“你要找很久以前的？”

“你要是不介意的话，就从最近六个月开始找吧。”

*

卢诺弗工作上的客户大部分都认为他是个很有礼貌、品貌兼优的年轻人，他帮他们解决电话、网络和电视问题。无论是去顾客的家里还是单位上门服务，他的口碑都很好。前两个月，他的业务量很大，平均每天上门服务一两次，有时要去同一个地方两三次。他的名声在外。大家都觉得他乐于助人，很好说话；他的工作效率很高，为人彬彬有礼，给顾客留下的印象很好。有时长时间工作后会去喝杯咖啡。他的维修时间很短，没有大问题时一般都是“速战速决”。

警察问，卢诺弗工作时是否有过怪异行为，但无果，直到一位叫洛亚的单身母亲提供了一些有力证词。她住在科帕沃于尔一栋二层公寓里，三十岁，离异，带着一个十二岁的儿子。案发时她和三个朋友因周末外出。

“是的，我记得很清楚。我让他给基迪安装了宽带。”埃琳博格问她是否记得卢诺弗来过家里，她答道。

她们在客厅里坐下。公寓很小，室内一片狼藉，干净衣服、脏衣服、脏盘子、播放机、音响、游戏机喇叭、电视机、免费报纸和垃圾邮件随处乱扔。洛亚对家里一片狼藉感到非常抱歉。她说工作很忙，孩子也使唤不动。“他整天坐在电脑前面上网。”她疲倦地说。埃琳博格点点头，想起了瓦尔托尔。

洛亚对于警察找她询问关于卢诺弗被杀一案并不感到吃惊。她之前看过新闻，记得卢诺弗给她家安装过宽带；她觉得卢诺弗的惨死有些难以置信。“谁会去割别人的喉咙啊？”她咕哝着说道。

埃琳博格耸了耸肩。她看了看洛亚。她毫无戒心，每一句话都是肺腑之言。很明显，她历经了很多苦难，但依旧热爱生活。她笑得很迷人，开怀大笑。埃琳博格觉得她很讨人喜欢，也很风趣幽默。

“可怜的人！”洛亚说。

“基迪，是你……”

“我儿子。他要安宽带，跟我说了一年了——要装那种无线宽带。后来我答应了，我没有忘。那是一项升级的技术，网速很快。基迪说他自己来装但总没成功，所以我打电话叫卢诺弗来给安装一下。”

“我知道。”埃琳博格说。

“这和我有什么关系吗？”洛亚问，“你们为什么向我问关于他的事儿？我……”

“我们试图通过和他有过接触的人来了解他的情况。”埃琳博格说，“我们对他本人以及他如何被杀都不是很清楚。我们试着了解真相。他从一个小村庄来，在雷克雅未克没有太多朋友，只有几个工作上的同事。没有其他人了。”

“但是，我的意思是，我不认识这个家伙。他只是来安装宽带。”

“是的，我知道。你觉得他怎么样？”

“他人很不错。像你一样，在我下班后到我家来。他只是装了宽带，接上网线，很快弄好后，他就离开了。”

“他只来过一次吗？”

“不是，第二天或第三天他又来了一趟，因为他落了一件东西——螺丝刀。第二次就没有那么急急忙忙。”

“你们聊天了吗？”

“聊了一会儿。他很友好，非常友好。他说他要去健身。”

“你也健身吗？你们之前认识吗？”

“不，我们不认识。我告诉他我不愿意健身。我以前办过一张健身会员卡。兴致很高。但是一周后我就不想去了。他说他从没想过放弃健身。”

“你还记得他向你搭讪时的样子吗？”埃琳博格问，“他有没有对你说过那种话？”

“没有，没说过那种话。他只是挺开心的。”

“每个人都这样说，他人很好。”埃琳博格微微一笑，觉得这次问话对案件进展没什么帮助。她正要离开时，洛亚出其不意地说了一句。

“之后，后来，我在市里碰到了他。”她说。

“是吗？”

“一天晚上，我去了市里，出乎意料的是他也在那儿。他开始和我交谈，好像我们是老朋友了。他很友好，还想给我买杯喝的。人真不错！”

“所以你是偶尔碰见他的？”

“没错！”

“他知道你会去那儿吗？”

“不，一点也不知道。纯属巧合。”

“发生了什么？”

“发生了什么？什么也没发生。我们只是聊天……就这些。”

“你是一个人吗？”

“是的。”

“没人和你一起吗？”

“没有。”

“你们聊天时你有没有跟他说过你喜欢晚上出去？你最喜欢去的地方是哪儿？或是其他什么？”

洛亚想了想。“我们提到过，但只是一句带过。我没想过……等一下，你觉得这和……有关？”

“我不知道。”埃琳博格说。

“他提及过夜生活。他说他住在市中心，还问我住在科帕沃于尔郊区感觉怎么样。所以他回来取螺丝刀时我们聊了一会儿。我记得的就这些。”

“你提到过什么地方吗？”

洛亚又想了想。

“有个地方我总去。”

“哪里？”

“托尔瓦德森。”

“你就是在那里碰到他的？”

“是的。”

“偶然碰到的？”

“如果你硬要说的话，是有点奇怪。”

“怎么奇怪？”

“我觉得，不知怎的，像是他一直在那里等我。我不确定是不是真是那样，但他见到我很高兴，并在那里遇见我很意外以及所有的一切，好像是有点怪怪的。太巧合了。他……我不知道。反正，什么也没发生。他好像突然没了兴趣，然后离开了。”

“你说他给你买了一杯饮料？”

“是的。”

“你接受了？”埃琳博格问。

“没。好吧，接受了，但不是酒精饮料。”

“嗯？什么？”埃琳博格不想追问得太紧，但她忍不住。

“我已经戒酒了。”洛亚说，“我不能喝酒，一滴也不行。”

“我明白了。”

“我丈夫离开了我，你知道的，而且一切都一团糟。我原以为他们会把基迪从我身边带走，但我想方设法不再堕落了。我参加礼拜聚会和任何有益的活动。这挽救了我的生命。”

“所以，卢诺弗突然没了兴趣？”埃琳博格问。

“是的。”

“是因为你不想喝酒吗？”

“你为什么那样说？”

“他请你喝酒，但你不接受，因为你不能喝酒，所以他就没了兴趣。”

“我喝了一瓶姜味汽水。他给我买的。”

“不一样！”埃琳博格说。

“什么不一样？”

“酒精。你没有告诉他你不喝酒吗？”

“没有，这不关他的事。你知道什么了？”

埃琳博格沉默了。

“你的意思是，我将再也不会遇见某个人，因为我不喝酒？”

听了她的推断，埃琳博格笑了笑。“卢诺弗在这方面很不一样。”她说，“我就不多说了。”

“你什么意思？”

“难道你没有看新闻吗？”

“看了点。”

“报道上说在卢诺弗家发现了一种特殊的药。一种迷奸药。”

洛亚盯着她。“他用了那种药？”她问。

“可能吧。”

“莫非他们要把那种药放进酒精饮料里？”

“是的。酒精会加速药效——它会影响记忆力。那种药如果和酒精一起服用，更有可能造成失忆。”

洛亚开始联想这些片段：这名电信工程师来她家两次，然后她在市里偶然遇见了他；报道说迷奸药会被放入女人的酒杯里；她已经戒酒几年了；她出去玩都是喝软饮料；卢诺弗突然没了兴趣；他的惨死。突然，她感觉自己像是在一个诡异、阴冷、恐怖的地方。“我不相信！”她叹了口气，诧异地看着埃琳博格，“你是在开玩笑吗？”

埃琳博格沉默了。

“他打算强奸我？”

“我不知道。”埃琳博格说。

“该死的！”洛亚义愤填膺地说，“他第二次来就没有找到什么螺丝刀。他说他之前丢过一把，所以到处找。他对我说话就像我们是老朋友一样。或许根本就没有什么螺丝刀。他是在戏弄我吗？”

埃琳博格耸了耸肩。

“浑蛋！”洛亚盯着埃琳博格说，“我要杀了他，那个浑蛋。我要宰了他！这些男人都怎么了？”

“他们疯了。”埃琳博格说。

*

宾娜·盖尔斯是宾莱希德尔·盖尔哈德斯多蒂尔的简称。埃琳博格觉得这个称呼适合她：她个子很高，体格健壮，像童话故事里爱吃萵苣菜的长发女巫。她长着红鼻子、大脸庞、宽下巴、粗脖子和长胳膊。她的腿粗得像树干，而且秃顶、大耳朵、浓眉小眼。

索拉是对的；贝尔迪搬来和宾娜一起住了。显而易见，贝尔迪有时被称为矮子。他们住在位于雷克雅未克市中心附近的恩加斯加塔的一栋小木屋里——宾娜从她父母那里继承下来的。她总是试图保住这栋小木屋。它曾经优雅别致，现在却破旧不堪，屋顶渗漏、窗户透风、野草蔓生。宾娜不懂得维护它。

埃琳博格第二次去的时候宾娜和贝尔迪都在家。她第一次敲门时没人应答，她透过窗户看到室内空无一人。第二次去时门敞开着，宾娜站在门边，对埃琳博格的到来很不高兴。她穿着一件旧羊毛毛衣和一条褪色的牛仔裤，手里拿着一个木勺。

“你好，宾娜。”埃琳博格说，她不知道宾娜是否认识她，“我想找贝尔迪。”

“贝尔迪？”宾娜厉声说，“你找他干什么？”

“我有话跟他说。他在家吗？”

“他在屋里睡觉。”宾娜指着昏暗的屋子说，“他犯事了？”

埃琳博格知道宾娜认识她。和索拉一样，宾娜是埃琳博格在工作中经常会碰到的那类人，她对警局评价很差。她因为块头很大所以总是惹是生非。她嗜酒如命，这让她喜怒无常。宾娜多次辱骂警察，最糟糕的一次是被拘留在警局一宿。她之前和多名男子有染，很多年前还生过一个儿子。虽然埃琳博格和宾娜之前没有正面交锋，但是埃琳博格还是很谨慎。她原本打算拉上西于聚尔·奥利一块儿来，但是他不愿意来。

“不，据我所知还没有。”埃琳博格说，“我能进去和他说会儿话吗？”

宾娜怒视着埃琳博格，好像要把她吃了，然后打开门让她进去。一阵熟悉的气味扑鼻而来：宾娜在煮、晾晒黑线鳕。此时将近傍晚，日光渐暗。屋内还没有亮灯，只有从外面照进来的一丝余光。屋内有点冷，好像暖气已经关了。贝尔迪正躺在沙发上睡觉。宾娜用木勺拍了拍他，想叫醒他，但贝尔迪没反应，所以宾娜又抓起他的腿，把他从沙发上拖拽到了地上。他有些醒了，站了起来，然后又坐回到了沙发上。

“怎么了？”他睡眼蒙眬地问。

“有人找你，饭快做好了。”宾娜说着，回到厨房。

埃琳博格慢慢适应了这种昏暗的环境。她看见旧墙纸上一大片潮湿，家具破旧，光滑的地板上铺着一条脏兮兮的地毯。

“找我什么事？”

“我想问你几个问题？”埃琳博格说。

“什么问题？你是谁？”在昏暗的灯光下，贝尔迪看着她问道。

“我叫埃琳博格。在警局工作。”

“警察？”

“我不会占用你很长时间。我们正在调查一起命案，死者手上发现了一种迷奸药——氟硝安定。你可能从新闻报道中已经得知了。”

“和我有什么关系？”贝尔迪用沙哑、困倦的声音反驳道。他正努力回想发生了什么。

“我知道你偶尔会卖处方药。”埃琳博格说。

“我？我不卖那些药。我什么也不卖。”

“别胡扯了，你在我们的监视名单上。你之前有过药品交易。”

埃琳博格从口袋中取出一张卢诺弗的照片递给贝尔迪。“你认识这个卢诺弗吗？”

贝尔迪接过照片，走到一盏台灯前，开灯，然后戴上眼镜，不急不忙地查看起死者的照片。

“这不是报纸上的那张照片吗？”他问。

“是同一张照片。”埃琳博格说。

“在看新闻之前，我不认识这家伙。”贝尔迪说着把照片放在桌子上，“他为什么被杀了？”

“我们正在调查。他携带了不是从医生那里开来的氟硝安定。我们觉得他是从你或者其他人那里弄到的迷奸药。他可能把它放入了他遇到的一个女人的酒杯中。”

贝尔迪长时间打量着埃琳博格。她知道他心里正在盘算着该说出实情还是隐瞒真相。宾娜在厨房煮菜，碟子忽然摔碎了。贝尔迪曾经因为入室盗窃、伪造商品和毒品交易蹲过监狱，但他不是职业罪犯。“我没卖给那种家伙这玩意儿！”他说。

“那种家伙？”

“用它来干那种事的人。”

“你知道他们用这种药干什么吗？”

“我知道，但是我不卖给变态。我不卖给那种家伙。而且我从没见过他。我没撒谎。我从没有卖过任何东西给他。我知道该卖给谁，不该卖给谁。”

宾娜出现在门口，怒视着贝尔迪，手握着木勺。煮鱼的味道从厨房里飘了出来。

“他会从哪儿得到的那种药？”埃琳博格问。

“我不知道！”贝尔迪回答。

“谁卖氟硝安定？”

“别问我，我不知道。即使知道，我也不会告诉你。”贝尔迪的脸上闪过一丝微笑。

“是那个变态买了药吗？”宾娜突然问埃琳博格。

“是的。”

“他用了迷奸药？”

埃琳博格点点头。“我们正在调查他从哪里买到的迷奸药。”

“你卖给他了吗？”宾娜愤怒地问贝尔迪。

他没有看她。“没有，我从来没有卖给他任何东西。”他说，“我只是告诉她，我没见过那家伙。”

“这就对了。”宾娜说。

“也许他可以告诉我他把迷奸药卖给了谁，而这个人是替那家伙买药。”埃琳博格说。

宾娜注视了她很久，一直在思考。“那个变态是个强奸犯吗？”她问。

“可能是。”埃琳博格说，“有证据表明他是个强奸犯。”

“过来吃饭，贝尔迪！”宾娜说，“告诉她你所知道的，然后过来吃饭。”

贝尔迪站起来。“可我不能胡说啊！”他抱怨道。

宾娜转过身走向厨房，但在厨房门口停了下来，扭了扭手腕，拿木勺指着贝尔迪，命令道：“告诉她！”

贝尔迪面露难色地看着埃琳博格。

宾娜走进厨房，伸出头说：“说完就来吃鱼！”

# 11

埃琳博格看着床头柜上的闹钟，现在是零点十七分。

她开始心里在倒着数数，9999，9998，9997，9996……

她试着什么也不想，想让脑海里除了数字什么也没有。数数是一种能让她平静下来并进入梦乡的方法。

有时晚上睡不着，她的脑海里就会浮现出过往的生活点滴。首先浮现的是她的第一任丈夫。埃琳博格头脑冷静，从不仓促做任何决定，但是她的第一次婚姻以失败而告终。

学习地理学时，她认识了一位来自西峡湾的同学，他叫博格斯坦。他认真对待人生。他很矜持但是很讨人喜欢，两人是在一次实地考察中认识的。之后他们开始经常约会。他们租了一套公寓，依靠学生贷款生活——那些年代学生贷款数额很多——两年后去民政局登记结婚了。他们邀请来亲朋好友，举行了一场盛大的宴会。从那天起，埃琳博格坚信他们过上了幸福快乐的生活。然而，事实并非如此。

后来，埃琳博格放弃了地理学，进入了警局工作，从那时起，他们的婚姻开始破裂。博格斯坦在其研究生毕业后去了国家钻井局工作，他必须到全国各地探寻地热资源。后来他进入了管理层，一直忙于在冰岛和国外开会。

有一段时间，埃琳博格总觉得有些不对劲：博格斯坦长期不回家，这让她感到不安；他对她提不起兴趣；他对待未来和生孩子的态度发生了巨大转变。一天，他无耻地坦白自己在挪威的会议上认识了另外一个女人：她是冰岛的一名地理学家。他和她已经交往大半年了，憧憬着和她有一个未来。

埃琳博格气得要死。她不愿意听博格斯坦的理由和解释，也不愿意和另一个女人争这个男人。她让他滚出去。她不知道为什么他会离开她看上别人，但是她推测这是他的性格所致，与她无关。后来她不在乎他的想法了。对待这段感情，她很坦诚，尊重过他，爱过他，而且她坚信这是相互的。最令她崩溃的是她一直都想错了。虽然被抛弃很痛苦，但她也没向任何人诉苦。埃琳博格认为，他们婚姻的失败错全在他；如果他想离婚就离吧。她从未想过挽留他。没有任何大吵大闹，他们就离婚了。博格斯坦一手毁了他们的婚姻，他离开了。就这样。

埃琳博格的母亲坦诚地说她从没真正喜欢过博格斯坦，她觉得他是个没用的白痴。

“别说了！”埃琳博格一点点吃着羊肝反驳道。

“他一直都很讨人厌！”她母亲说。

埃琳博格意识到母亲一直努力想让她开心起来，因为她了解自己的女儿，知道埃琳博格被深深地伤害了。

她比以前更加绝望和孤单了，她不愿提起博格斯坦和离婚的事。她决定尽管内心满是愤怒和悲伤，仍要勇敢地接受现实。

她的母亲觉得泰迪很好，总夸他是个值得信赖的男人。“他很可靠，你的西奥多。”她说。

他确实是这样。埃琳博格和泰迪在一次警局年会餐上相遇，他是不情愿地被朋友叫过来的。泰迪很幽默，但是埃琳博格当时还没有准备好接受一段新的感情。泰迪当时和她都是28岁，人很热心，准备追她。警局舞会结束后他送她回家，两天后打电话邀请她吃饭、看电影。她把自己失败的婚姻全都告诉给了他。而他，从未与其他女人生活过。她从泰迪的警察朋友那里得知他有个患了癌症的姐姐。第二次见他时，她小心翼翼地问了他姐姐的事，他说他姐姐是一个单身母亲，有个儿子，他和外甥感情很好。他姐姐治疗了很多年，但是情况不大乐观。他想告诉埃琳博格关于她的一些事，但那时两人的关系还不确定，所以他没有多说。

泰迪的姐姐非常喜欢泰迪的新女友，想见埃琳博格。有一天，他带着她去，两个女人谈了很久，舅舅和外甥出去买冰激凌了。泰迪很关心、很疼爱姐姐；埃琳博格不断发现了他性格的优点。

六个月后，她搬去和泰迪同住。他住在哈雷迪区一套一居室的公寓里，和朋友共享一个车库。泰迪的姐姐第二年去世后，两人多了个养子。埃琳博格不知道孩子的父亲是谁，孩子和父亲从没一起生活过，他们没任何联系。这个养子名叫伯金，6岁，孩子的母亲把他托付给泰迪和埃琳博格。他们买了一套大公寓，收养了伯金，伯金非常想念自己的母亲。埃琳博格尽自己最大可能减轻孩子失去母亲的伤痛。她请假到他的学校看他是否适应了新环境。从那时起，埃琳博格的父母也接受了他是他们的外孙。

埃琳博格没有再婚，她和泰迪保持着伴侣关系。瓦尔托尔出生了，紧接着阿伦出生了，后来西奥多拉也出生了，几个孩子都很羡慕伯金，特别是瓦尔托尔，大家都拿他当榜样。伯金离开家时，瓦尔托尔一直责备埃琳博格，这让他们母子间的关系更疏远了。

埃琳博格看了看闹钟，已经是凌晨三点零八分。

四个小时后她就要起床了，她知道彻夜不眠明天会一团糟。

身旁的泰迪正熟睡着。她很羡慕他平和的性情。她想着起床进厨房看食谱，但又不想起床，于是再次从 10000 开始数数。

9999，9998，9997，9996……

*

这家企业健身房比埃琳博格第一次去的那家健身房规模更大，地理位置更好。因为彻夜未眠，她到那儿时，困得几乎无法睁开眼，这是距卢诺弗谋杀案发生一周后的一个周六清晨。人们涌进来，跑步、举重，运动出一身汗。有些人带着孩子，健身房里有个日间托儿所。埃琳博格瞥了一眼——那就是一堆孩子坐在大屏幕前看动画片的地儿。

有时，她很担心父母和孩子间的关系：孩子们白天在幼儿园，周末在托儿所，父母却在跑步机上流汗。在工作日，孩子们大概晚上九点左右上床睡觉，睡前和父母在一起只有两个小时，而且大多数时候是父母给他们喂饭并哄他们上床睡觉。孩子们还小的时候，埃琳博格和泰迪减少工作时间，尽可能多花时间陪孩子。他们认为这不是一种牺牲，而是一种需要和快乐。

埃琳博格见到经理时，他正在签收主馆里的两块新屏幕。他拒绝签收其中一块屏幕，正在打电话发泄他的不满。他一放下电话，就转向埃琳博格，并问她有什么事儿。

“事儿？”她说，“没什么事儿。”

“哦！”经理说，“那你想干什么？”

“我想向你了解一个人，他过去常来这里，但两年前突然不来了。我是警察。你可能听新闻里报道过他了。”

“谁？”

“他住在辛霍特。”

“被杀的那个家伙吗？”经理问。

埃琳博格点点头。“你还记得他吗？”

“我记得他。那时我们的客户还不多，所以我几乎知道他们所有人。现在真是太疯狂了。他怎么了？他和我们有什么关系？”

一位年轻女孩出现在办公室门口。“一个孩子吐了一地。”她报告经理。

“所以呢？”

“我们找不到家长。”

经理对埃琳博格露出歉意的微笑。“找西拉，她会处理的！”他对女孩说。

“嗯，但我找不到她。”

“你可以看到我这里有客人。”他说，“去，找西拉，亲爱的！”

“这个孩子病得很严重。”女孩哭诉着说道，“太严重了！”她离开时抱怨道。

“我记得你刚说到卢诺弗？”经理接着说，他穿着一套蓝色的运动服，上面有一个时尚且名贵的运动服装品牌的标志。

“你了解他吗？”

“他只是我们的一个客户。四年前，我们开店后他就一直来这里健身。他是我们的第一批会员。后来他就不来了。他人不错。身材很好。”

“你知道他为什么不来了吗？”

“不知道。我再也没有见过他了。之后我看到了那条新闻报道——我简直不敢相信。你为什么问我们这些？他的死和我们有关吗？”

“没有，目前还没有。这只是例行检查。我们知道他在这儿健身过。”

“是的，我知道。”

“有没有人和他同时不来的？那人之前也常在这里健身？”

经理想了想。

“我真的不记得……”

“有没有可能是位女性？”

“不，我不觉得。”

“你觉得作为你的客户，他的性取向正常吗？”

“是的，他很正常。事实上……”

“什么？”

“你问的是女人吧？”

“是的。”

“有个女孩过去在我们这里上班。你这么一问我才想起来。”经理说，“我不确定他们是否是同时离开，但那之后肯定还有联系。她叫弗丽达。我不知道她姓什么。人长得很漂亮，是位私人教练。

如果你想知道的话，我给你找找她的全名。他们过去常常一起出去玩。”

“他们是男女关系吗？”

“不是，我觉得还没有到那个程度。但是他们关系很好，而且我想他们可能常一起出去喝酒，或类似的事。”

*

一名年轻女子踌躇着踏入位于辛霍特街的卢诺弗公寓，并环顾了一下四周。埃琳博格立即跟在她身后。乌娜的父母也来了，还有为她治疗的精神病医生。他们要求埃琳博格和乌娜保持一定的距离来劝说乌娜来公寓里看一看。乌娜的母亲最终答应埃琳博格，力劝女儿做这件事来帮助警方调查。

自从卢诺弗的尸体被搬走后，这里的一切都没变。案发现场仍保持原样。当乌娜看到地板上已经变干的黑色血迹时犹豫了。

“我不想进去。”她乞求道。

“我知道，乌娜！”埃琳博格宽慰她说，“你只要进去看一分钟就可以回家了。”

乌娜小心翼翼地穿过大厅走进客厅，尽量不去看那些血迹。她看了看超人英雄的海报、沙发、茶几和电视机。她抬头瞥了一眼屋顶。此时已是傍晚。“我觉得我没来过这里。”她自言自语道。她慢慢地从客厅走进厨房，埃琳博格紧随其后。他们之前已经看过了卢诺弗的车，它被扣留在警局。乌娜没想起什么。

也可能是她不愿意回想起那种经历。

他们走到卧室门边，乌娜看了看双人床——被子在地上，床头有两个枕头。客厅里是镶木地板。床的两侧都摆着床头柜，埃琳博格猜测这是为了对称，因为卢诺弗一个人住不需要两个床头柜。一个床头柜上摆了一盏看书用的小灯，这和公寓里的其他摆件一样证明了主人的品位；埃琳博格记得第一次来到卢诺弗的公寓，就觉得他家装饰得很雅致。床的另一侧是一块小地毯。衣服挂在衣柜里，衬衣、内裤和袜子整齐有序地叠放在抽屉里。卢诺弗的家表明他的生活井然有序，雅致讲究。

“我没来过这里。”乌娜说。埃琳博格松了口气。乌娜站在门边一动不动，好像不敢进去。

“你确定吗？”她问。

“一切都很陌生。”乌娜说，“我一点也不记得这个地方。”

“我们还有很多时间。”

“不，我不记得来过这里。不是这里，不是这个公寓里的任何一处。现在我们能走了吗？我帮不了你。很抱歉！我觉得待在这里很不舒服。我们能走了吗？”

乌娜的母亲用恳求的眼神看着埃琳博格。

“当然！”埃琳博格说，“谢谢你愿意走这一趟。”

“她是在这里被强奸吗？”乌娜一只脚踏入卧室。

“我们认为他被杀当晚和一位女子在一起。”埃琳博格说，“遇袭前不久，他还有过性行为。”

“可怜的女人！”乌娜说，“我觉得是他强迫她来的。”

“可能吧。”

“如果他下药把她弄昏迷了，那她怎么可能杀他呢？”

“我们还不清楚。我们还没查清楚到底发生了什么。”

“现在我可以回家了吗？”

“可以。你想回就回。谢谢你，我知道这不容易。”

埃琳博格把乌娜和她的父母送了出去，目送他们在马路上渐渐走远，直到看不见。他们有些悲伤，他们是难以启齿的迷奸药的受害者。他们的平静生活被毁了，除了默默流泪，他们无能为力。

埃琳博格返回车上时裹紧了大衣，担心今晚又将是一个不眠夜。

# 12

弗丽达和洛亚长得很像。她们年龄相仿，体格敦实，有一头深褐色秀发，小巧的眼镜后有一双漂亮的棕色眼睛。对于警察的到来，她并不感到诧异。她说她已经想好了要如何与警察打交道，如何解释在案发现场发现的迷奸药。她很坦率，也很活泼，准备告诉埃琳博格她知道的一切。

“太可怕了！报纸上写的。”她说，“我不知道该做些什么。这太令人震惊了！试想，我曾和那个男的回过家。他可能给我下过药。”

“你去过他家？”埃琳博格问。

“不，他来我家。只有一次，但已经够了。”

“怎么了？”

“很尴尬！”弗丽达说，“我不知道该怎么说。我很了解他，但我们不是在约会或什么的。我一般不带男的回家。真的。我……但他很特别。”

“做什么？”

“跟他们上床啊！”弗丽达尴尬地笑了笑，“在我十分确定的情况下。”

“确定什么？”

“确定他们是好人。”

埃琳博格点点头像是明白了，但是她又不确定。她往公寓四周看了看。弗丽达说她一个人住，养了两只猫，它们现在正盘绕在埃琳博格的腿上，决心告诉她谁是这家的主人。只见其中一只猫纵身一跃跳到她的大腿上。这公寓位于雷克雅未克一老城区一栋楼的二层。从窗户往外望去，能看见屹立在两栋公寓间的布拉夫约尔山脉。

“不，我的意思是，我发过征婚广告，还去过夜店，以及诸如此类的事。”弗丽达尴尬地解释道，“我已经尽力了，但是现在的市场……男人都不怎么样。”

“市场？”

“是的。”

“难道你从健身房辞职不是因为卢诺弗吗？”

“是的，是原因之一。我不想再撞见他。后来我听说他离开了，去了别家健身房，就再也没有见过他，直到最近看到新闻报道有关他的事。”

“所以说他并不是你说的那种好人吗？”埃琳博格问，把猫推开，它尖叫一声，跳到地板上，跑进了厨房。另一只猫也像刚才那只一样跳到埃琳博格的腿上。埃琳博格不大喜欢这只猫。两只猫似乎意识到了这一点，但仍不愿意离开，似乎想试图得到埃琳博格的疼爱。不一会儿，它们便不再这样尝试了。

“我本不该让他来的。”弗丽达说，“他想带我去他住的地方，但我不想去，这让他很不高兴，不过他没有表现出来。”

“你觉得他一贯都这样吗？”

“我不知道。你知道关于他的一些事吗？”

“不多。”埃琳博格说，“他有谈起过他自己吗？”

“几乎没有。”

“我们了解到他来自一个小村庄。”

“他没说这个。我以为他是雷克雅未克本地人。”

“那他有没有谈论过他的朋友或者家人？”

“没有，我不了解。我们只是聊聊健身、电影之类的话题。他没有谈过任何私人的事。我知道他有个朋友叫爱德华，但是我从没见过他。”

“根据你们两人的浅交，你觉得卢诺弗怎么样？”

“他是个自恋狂。”弗丽达推了推眼镜说，“我确定他很自恋。他自我崇拜。比如说，在健身房，他身材很好，常常秀身材。他趾高气扬，试图让女人注意到他，总像在作秀。”

“所以他……”

“而且他还有点奇怪。”弗丽达继续说。

“怎么奇怪？”

“你知道……和女人在一起的时候。”

“虽然在他家发现了迷奸药，但我们还不清楚他用没用那种药。”埃琳博格说。她没有提及卢诺弗自己也吞食了迷奸药。

“不，我不是那个意思。”弗丽达说，“我知道你们发现了迷奸药——我不感到诧异。”

“真的吗？”

“他真的很奇怪，有一次我们……你懂的……”

“我不大明白。”

“嗯，很难说清楚。”弗丽达叹气道。

“但你不是很了解他吗？”埃琳博格尽力让对话有进展。

“不，不完全是。”弗丽达说，“不是很了解。那些去健身房的男人，他们自认为是上帝的宠儿，但卢诺弗总是对我很有礼貌。我们有时聊聊，有一次他还邀请我吃晚餐。我答应了。他很友好，很健谈，也很风趣，但是我还是能感觉到他不开心。”

“他说了他不开心吗？”

“没说，没对我说。到紧要关头时，你懂的，他觉得害羞和尴尬，那之后他让人觉得有些害怕。”

“真的吗？”

“嗯，他要我……”

“什么？”

“呃，我不知道——”

“他要你干什么？”

“他要我装死。”

“装死？”埃琳博格重复道。

弗丽达看着她。“装死！”她也重复道，“我不能动弹，如果你懂我说的话。我躺着一动不动，屏住呼吸。然后他扇我耳光，对我大喊大叫。我不懂为什么。他的用词！它听起来好像他活在自己的世界里。”弗丽达不寒而栗，“那个变态！”她补充道。

“所以它不是强奸或诸如此类的事？”

“是的。他没有伤害我，也没有使劲打我。”

“你们干什么了？”

“我吓呆了。那似乎使他很兴奋，之后就结束了。后来他看起来很可怜。他一言不发就走了，而我躺在那里，吓瘫了，如坠云里雾里。我对谁也没说，它太……我很难堪。这不是强奸，但我觉得我像被强奸了。现在看来，他想要那样做。我觉得这才是关键。”

“你再也没有见过他了？”

“是的，我躲着他，他也没有再联系我。那样也好。像是我被他利用了。我绝不愿意再见到他了。绝不！”

“然后你就离开健身房了？”

“是的。我觉得想起这些都是侮辱，特别是在我知道他出事以后。”

“你认识他的其他女人吗？他有没有说过其他女性朋友？”

“没，没有。”弗丽达说，“我对他一无所知，而且我也不想知道。”

*

埃琳博格敲了敲门。贝尔迪最后招供了一个迷奸药贩卖者的名字——瓦鲁尔，他和他的伴侣、两个孩子一起住在郊区的一栋公寓里。调查毫无进展。埃琳博格对披肩主人没有任何发现，而且在雷克雅未克也没有服装店卖这种印有“圣弗朗西斯科”英文字样的T恤。

一个三十岁左右的男人开了门。他的手里抱着一个小女孩，眼里满是敌意地看着埃琳博格和西于聚尔·奥利。埃琳博格觉得两人一起来更安全些。她之前不认识瓦鲁尔，他经常和缉毒队的人打交道，是一个三流的贩卖者。他曾因走私少量大麻被短期拘留。贝尔迪也许对她说谎了：或许他想让瓦鲁尔惹上麻烦，他俩有仇；或许他只是为了平息爱人宾娜的怒火随便编了个名字。

“你们想干什么？”男人问。

“你是瓦鲁尔吗？”埃琳博格问。

“有何贵干？”

“我们想找他谈谈。”西于聚尔·奥利不耐烦地说，“你觉得呢？”

“因为什么事？”男人反驳道。

“镇定，伙计！”西于聚尔·奥利说。

“你是瓦鲁尔吗？”埃琳博格又问。也许带西于聚尔·奥利一起来是个错误。

“我是瓦鲁尔。”男人说，“你们是谁？”他换了一只手抱孩子，看了看他们。

“我们想了解一个人的情况，他叫卢诺弗。”埃琳博格介绍了自己和西于聚尔·奥利，“我们能进去和你谈谈吗？”

“不能进！”瓦鲁尔回答道。

“好吧！”埃琳博格说，“你认识这个卢诺弗吗？”

“我不认识什么卢诺弗。”

小女孩手里拿着一个玩具，正全神贯注地吮吸着。她很可爱，躺在父亲的怀抱里，埃琳博格控制着自己的冲动，她很想抱抱她。

“他在自己家被人割开了喉咙。”西于聚尔·奥利说。

瓦鲁尔鄙视地看着他。“这就代表我认识他吗？”

“请说说案发当晚你在哪里？”西于聚尔·奥利问。

“我们感谢你——”埃琳博格说不下去了。

“我非说不可吗？”瓦鲁尔问。

“我们只是在搜集信息。”埃琳博格说，“仅此而已！”

“你们滚吧！”他冷笑道。

“你要么在这里说，要么去警局说。”她说，“自己看着办！”

瓦鲁尔打量着眼前的两位警察。“我没什么可说的。”当他正准备关门时，西于聚尔·奥利上前一步，抵住了门。

“那你就跟我们去警局吧！”西于聚尔·奥利说。

瓦鲁尔看着他们。他知道他们的意思。如果这次他不让他们进来问清楚的话，他们是不会善罢甘休的。

“卑鄙！”他打开门说。

“人渣！”西于聚尔·奥利说着，推开他进去。

“漂亮！”埃琳博格跟上去。屋内简直一团糟，脏衣服、旧报纸和剩饭剩菜，还有一股酸味。瓦鲁尔和他的第二个孩子两人在家。他把她放在地板上，让她自己坐着，咬着玩具玩，口水流出来了也没管。

“你想知道什么？”瓦鲁尔问埃琳博格，“你是要告我杀了他吗？”

“嗯，是你干的吗？”她问。

“没有。”瓦鲁尔说，“我不认识这个人。”

“我们觉得你认识他很长时间了。”西于聚尔·奥利说，“你不会收拾一下吗？”他四处看了看。

“认识谁？”

“看看这里，就是个猪窝。”西于聚尔·奥利说。

“你是弱智还是什么？”瓦鲁尔说，“谁说我认识他很长时间了？”

“据可靠消息。”埃琳博格说。

“还有人说你是同伙呢。”

“这是可靠消息。”她答道，尽量不去想那个矮个子。

“谁说的啊？”

“这不关你的事！”西于聚尔·奥利说，“听说你认识卢诺弗，还卖药给他。”

“或许他欠你钱。”埃琳博格说，“或许你去找他要，但场面失控了。”

瓦鲁尔目瞪口呆地盯着她。“等等，这都是些什么鬼东西？谁说的？我根本不认识这个家伙。有人说了假口供。你们觉得是我杀了他吗？绝对没有！我没理由那样做。我不会那样做。”

孩子抬头看看父亲，不再咬玩具了。

“我们会把你带去警局。”埃琳博格说，“我们会把你关起来。我们会像对待嫌疑犯一样对待你。虽然现在我们还没有足够的证据，但我们必须从某处开始突破。我们会关你一阵子。你要找律师，得花一笔钱。报纸和电视都会报道我们逮捕了你，他们会挖出关于你的更多信息——你知道是怎样的。对你女朋友的采访将出现在周末报的头版：她和你女儿的照片。我想想，标题是：我的瓦鲁尔没有杀人！”

“你为什么认为我知道呢？”

“说吧！”埃琳博格弯腰从地上抱起小女孩，“你让医生给你开这类药，然后以更高的价格卖出去。都是些处方药，如迷奸药。

你主要卖给那些从正规渠道买不到这类药的人。我们听说你还卖可卡因，所以你卖的药品还挺全。或许你自己也吸可卡因？你看起来像是会吸那东西的人。肯定很贵吧。你是怎么找到买主的？”

“你想对我的孩子做什么？”

“有个奇怪的家伙，他用氟硝安定——”

“放开她！”瓦鲁尔说着，抢过小女孩。

“抱歉！那个家伙给女人的酒里下药，在她们昏迷的时候和她们发生了性行为。我们称之为强奸。问题是：你把氟硝安定卖给过强奸犯吗？”

“没有。”瓦鲁尔说。

“这么肯定？”

“是的！”

“你怎么证明呢？你卖完药后又不知道他们用药做什么。”

“我就是知道。我不认识那个叫卢诺弗的家伙。”

“你自己会对女人下药吗？”

“不会……”

“那是你的平板电视吗？”西于聚尔·奥利指着 42 寸等离子电视问道。

“是的，是我的。”瓦鲁尔问。

“有发票吗？”

“发票？”

“买那么贵重的东西应该有发票的。”

“好吧！”瓦鲁尔说，“我以前卖，你们有备案的。但是我现在金盆洗手了，我不会再卖那些处方药了。我最后一次卖迷奸药是在大约六个月前。卖给了某个我之前不认识，之后也不会认识的白痴。”

“不是卢诺弗吗？”埃琳博格问。她觉得瓦鲁尔想说些电视之外的内容。

“他当时非常紧张。他说他的名字叫卢诺弗。他想和我握手，感觉像是在开重要的会议或什么的。他说一个亲戚介绍他来找我的。他告诉了我一个名字，但我从没听过那个名字。好像他之前没有买过。”

“他常常来买吗？”

“没有，就那一次。我不认识他。我只知道那些赌徒。你得发展起一批常客，但他是个例外。”

“他为什么要买迷奸药呢？”

“他说他帮朋友买。他们都这么说——新手都这么说，却不知道他们很悲催。”

“他买的是氟硝安定吗？”

“是的。”

“你卖了多少给他？”

“一瓶。十片。”

“他来这儿买的吗？来你的住所？”

“是的。”

“一个人？”

“是的。”

“是卢诺弗吗？”

“嗯。不是的。他说他叫卢诺弗，但不是卢诺弗本人。”

“不是那个被杀的卢诺弗？”

“不是，不是报纸上刊登的那个家伙。”

“所以他冒充卢诺弗？”

“我怎么知道？可能他也叫卢诺弗吧。可能是个巧合。你觉得我把药卖给了一个浑蛋吗？”

“他长什么样子？”

“我不记得了。”

“试着想想。”

“身高和我差不多，可能三十来岁。胖脸，秃顶，小胡子。我记得不是很清楚。”

埃琳博格看了看瓦鲁尔。突然，她想起了她在办公室审问过的卢诺弗的朋友爱德华。他符合这个描述。

“还有其他的吗？”她问。

“没了，我不知道其他的了。”

“谢谢！”

“哦，不管怎样，现在赶紧滚吧！”

*

“至少他会好好照顾孩子。”埃琳博格一回到车里便感叹道，“她的尿布脏了，刚被喂完饭。她很喜欢她爸爸。”

“可他不是什么令人引以为傲的父亲。”

“没错！”

“你有收到埃伦迪尔的消息吗？”西于聚尔·奥利问。

“没，还没有联系上他。他说过他要去东部待一阵子，不是吗？”

“他去了多久了？”

“有一个多星期了。”

“他有多久的假期？”

“我不知道。”

“他打算去那里干什么呢？”

“他要去看看他童年生活的地方。”

“你了解他正交往着的那个女人吗？”

“瓦格迪尔？不。我应该给她打个电话，看她有没有他的消息。”

# 13

晚上，埃琳博格和西于聚尔·奥利来到了爱德华的家，那是市西边一破旧的房屋。爱德华没结婚，也没孩子。他的车停在周边——一辆开了几年的掀背式日产汽车。埃琳博格敲了敲门，他们听到屋里有动静，但是没人开门。两扇窗户里透着灯光，他们看到电视机的光亮突然灭了。他们第三次敲了敲门。西于聚尔·奥利又捶了捶门，最后爱德华终于出现了。他立即认出了埃琳博格。

“我们来得不是时候吗？”她问。

“不，还好，有……有什么事儿？”

“我们想了解有关卢诺弗的一些情况。”埃琳博格说道，“我能进来吗？”

“现在真的不方便！”爱德华说，“还是出去说吧！”

“只耽搁你一分钟！”西于聚尔·奥利说。

爱德华堵在门口不让他们进去。

“现在我真不能邀请你们进屋。”他反抗道，“我希望你们晚点再来——明天再来。”

“好吧！嗯，不，恐怕不行！”埃琳博格说，“这是有关卢诺弗的事，所以我们必须现在和你谈谈。”

“他怎么了？”爱德华问。

“我们站在门边谈话不合适吧？”

爱德华瞥向街上。这栋房屋处于一片漆黑之中，附近没有路灯，也没有走廊灯。它直接面朝街道，没有房前的花园，墙边有棵树，一棵老桤树，光秃秃的，扭曲的枝丫笼罩着屋顶，活像一头野兽的爪子。

“好吧，那进来吧！我觉得没什么可说的。”侦探们听到爱德华咕哝道，“我们只是朋友而已。”

“只需一分钟！”埃琳博格说。

他们走进小客厅，里面的家具破败不堪。一块巨大的新显示器挂在墙上，凳上有一台大显示屏的崭新电脑。很多电脑游戏都散乱地摆在架子上，还有很多电影碟片和录像带。桌椅上堆满了文件、报纸和教材。

“批阅论文呢？”埃琳博格问。

“这也要问吗？”爱德华看着一叠论文说，“嗯，该交论文了。都攒到一起交了。”

“你收集电影吗？”埃琳博格问。

“没有，我不是收藏家，但是我家有很多电影，正如你所看到的。有时我在租赁店倒闭时购买一些，那时非常便宜。”

“你都会看吗？”西于聚尔·奥利问。

“不会……太多了。大部分。”

“你说过你跟卢诺弗很熟。”埃琳博格说。

“是的，相当熟。我很喜欢他。”

“我没记错的话，你们都喜欢看电影。”

“我们有时会去电影院看电影。”

埃琳博格发现此时的爱德华没有上一次那么放松。他看起来不适应屋里有客人。他不敢正视他们，他的双手在桌上局促不安地晃动，最后放进了口袋，但不久又挠挠头、搓搓胳膊，或摆弄摆弄录像带。埃琳博格觉得应该让他不那么烦恼。她拿起椅子上的一个电影碟片，是希区柯克早期的一部无声电影——《房客》。埃琳博格准备好了要提出她的第一个问题，但是西于聚尔·奥利很不耐烦——不是第一次了。他特别烦那些脆弱、不自信的人，总是尖锐地指出他们的弱点。

“你为什么不告诉我们你买过迷奸药呢？”他尖刻地问。

“什么？”

“用卢诺弗的名字。你是给他买的吗？”

埃琳博格看了看西于聚尔·奥利。她暗示他，她马上要开始问话了，他应该全力支持她的工作。

“为什么？”西于聚尔·奥利继续问。他不知道埃琳博格的愤怒表情从何而来。他觉得自己做得很好。“你为什么假装成卢诺弗？”

“我不知道……什么？”爱德华把手放入口袋后含糊不清地说。

“我们有证人证明你在六个月前以卢诺弗的名义买药了。”西于聚尔·奥利说。

“描述的人就是你。”埃琳博格说，“他说你用了卢诺弗的名字买的。”

"怎样的描述？"爱德华问。

"他描述的人和你的长相很吻合。"埃琳博格说。

"所以？"西于聚尔·奥利说。

"所以，什么？"爱德华问。

"这是真的？"西于聚尔·奥利问。

"谁说的？"

"卖你药的人！"西于聚尔·奥利大叫道，"你没听见吗？"

"你介意让我跟他谈谈吗？"埃琳博格镇定地说。

"告诉他，如果他不配合我们，那我们就会把他带到卖药人那里查明真相。"西于聚尔·奥利威胁道。

"我是为了帮卢诺弗才这么做的。"爱德华在西于聚尔·奥利的恐吓下承认道，"他要我这么做的。"

"他告诉我，他入睡困难。"

"那你怎么不让他去找医生，让医生给他开药呢？"

"直到他被杀后，我才知道氟硝安定是什么药。我事先一点也不知道。"

"你认为我们会相信你的说法吗？"埃琳博格问。

"我们不是三岁小孩！"西于聚尔·奥利吼道。

"老实说，我真的不知道迷奸药的事。"

"卢诺弗是怎么找到这个卖药人的？"埃琳博格问。

"他没有说。"

"你似乎提到过你的亲戚？"

爱德华想了想。"那个卖药人想知道。他很紧张。非要知道我是谁，以及我是怎么知道他有货的。他是个可怕的家伙。卢诺弗让我去给他买，所以我就用了他的名字。我说是我亲戚介绍的。”

“为什么卢诺弗不自己去买呢？为什么他非要你去买呢？”埃琳博格问。

“我们是朋友。他说……”

“嗯？”

“他说他不相信医生病人那套。他说他喝了点酒，氟硝安定能缓解宿醉。他说不想让人知道他用了这种药，因为这会带来麻烦。他也不想问医生要这种药。他就是这么说的。我真的不知道他到底要干什么。”

“他为什么要你去买？”

爱德华犹豫了。“他要我帮帮他。”他最后说。

“为什么？”

“我不知道。他觉得这么做很尴尬……”

“还有呢？”

“我没有什么朋友。卢诺弗和我是朋友，我想帮他。他来找我说了他的苦恼，我说我会帮他的。我想帮他。”

“你买了多少？”

“一瓶。”

“还从其他人那里买过吗？”

“其他人？没人了。就只买了一次。”

“你那天为什么不告诉我？”

爱德华耸了耸肩。“我原以为这事与我无关。”

“如果你帮强奸犯买了迷奸药，你觉得这事与你无关？”

“我不知道他会那样做。”

“卢诺弗案发时你在哪里？”

“在这里。在我家。”

“有人能证明吗？”

“没有，我大部分时间都是一个人在家。你不会觉得是我干的吧？”

“我们什么也没说。”埃琳博格说，“谢谢你的配合！”

*

埃琳博格和西于聚尔·奥利回到车上。埃琳博格勃然大怒。“你他妈的怎么了？”她怒声说道，然后开始启动车。

“怎么了？”

“你干的好事，你这个笨蛋。我从未遇到过这样的破事。你被他玩弄于股掌之中。到现在我们都不知道他是不是真的帮卢诺弗买了药！你没有证据！你怎么能那样说话？你把话语权拱手让给了他！”

“你在说什么？”

“让爱德华得以成功地洗脱嫌疑。”

“洗脱嫌疑？你不会真认为他是给自己买的吧？”

“为什么不会？”埃琳博格问，“或许卢诺弗的药就是爱德华的。他是同谋。或许就是他杀了卢诺弗。”

“那个废物吗？”

“你看你又来了！你就不能对别人表示一点尊敬吗？”

“他没必要编那种故事。我打赌他很久以前就开始买药了，所以他在撒谎。”

“你怎么就不肯承认自己犯错了呢？”埃琳博格说，“你把一切都搞砸了。真的！”

“喂，淡定！”

“他按照你说的乱编。我觉得他一直在撒谎。”埃琳博格深深地叹了口气，“我之前从未碰到过这样的案子。”

“哪样的？”

“每个谈话人都有可能是凶手。”

# 14

埃琳博格的父亲正在卧室里休息。星期一是他玩桥牌的日子，他将会到一个朋友家去玩。埃琳博格记得每周一晚上他肯定会和一帮朋友玩桥牌。日子一天天过去了。他们也在渐渐变老。他们曾经拍着她的脑袋，逗她玩耍，打牌，尝她母亲做的小点心。他们带着一种崇高的热情探索桥牌的奥秘。埃琳博格一直都没学会怎么玩这种游戏，父亲也没意愿教她。他是个金牌手，参加了很多次比赛，偶尔会带回来一个小奖杯，并将它们放在一个抽屉里。然而，岁月不饶人，如果现在他想通宵玩牌，他需要睡个午觉。

“你好，亲爱的！”埃琳博格正准备拿钥匙开门，她的母亲打开了门。

“只想过来看看！”

“一切都好吗？”

“很好。你们呢？”埃琳博格问。

“我也很好。我正想接些订书的活儿。”她的母亲坐在客厅读了读报纸上的广告，“我的朋友安娜正在做，她说我也应该试一试。”

“好主意，不是吗？你可以叫爸爸和你一块儿干。”

“我不这么认为。他会嫌麻烦的。泰迪还好吗？”

“他很好。”

“你呢？”

“很好，就是有点忙。”

“我看出来了——你看起来有点累。我读了关于辛霍特街惨案的报道了。我希望你不要卷进这个案子，这不是正常人能处理得来的。”

埃琳博格之前听母亲唠叨过无数次了。她不希望女儿当警察。她觉得警察的工作太危险了。她很害怕女儿和歹徒正面交锋。她希望其他人去追凶手、逮捕、问讯和拘留他们，而女儿不要去做这些。

埃琳博格很久以前已经放弃了她的地理学。她明白母亲的反对主要是因为抓捕对象都是社会败类。埃琳博格尽可能地让母亲了解自己对警察工作的热爱以及警察工作的神圣。或许她太过了。埃琳博格觉得母亲总是否定她的工作。“我真的喜欢这份工作！”埃琳博格说。

“你当然喜欢！”母亲说，“要不要热巧克力？”

“不要，谢谢！我只是来看看你们。我现在得回家了。”

“亲爱的，只要一分钟。别那么着急回去——他们已经长大了，不需要你照顾了。坐下来，放松一下！”

母亲立即把锅放在炉子上，倒进一点水，放入一块黑巧克力，几分钟后巧克力就融化了。

埃琳博格坐在厨房的餐桌旁。母亲的包挂在椅子后背。她记得小时候母亲的包透着香味。当她压力大，需要放松时，她经常会去儿时的家转转，感受熟悉的环境，这令她感觉很舒适。

“不算太糟糕！”埃琳博格说，“我们逮捕凶手、阻止暴力、帮助受害者，这些都是值得的。”

“当然！”母亲说，“但是我不明白为什么你非要亲自去做。我没想到你会在警局工作这么久。”

“嗯，我知道，这份工作就这样。”埃琳博格说。

“我也不能理解地理学，还有那个博格斯凡。”

“他叫博格斯坦，妈妈。”

“我知道你再也没有见过他。泰迪和他完全不一样。他可靠，从不让你担心。那瓦尔托尔呢，他怎么样了？”

“目前来看一切正常。我们很久没说话了。”

“还是因为伯金吗？”

“不知道。或许他现在处于叛逆期。”

“是的，他长大了。他会回来的。瓦尔托尔是个聪明的好孩子。”

埃琳博格认为，西奥多拉也很聪明，但是她没说什么。外婆最喜欢瓦尔托尔。其他的外孙有时都被她忽视了。埃琳博格常常提示她这一点。“胡说！”老太太反驳道。

“你收到过伯金的来信吗？”她的母亲问。

“偶尔吧，几乎没有。”

“他不是和泰迪保持着联系吗？”

“还没我多。”

“我知道瓦尔托尔特别想他。他总说他不必离开。”

“伯金自己要走的。”埃琳博格说，“我不明白瓦尔托尔为什么坚持那样认为。我觉得那都是过去的事情了。即使伯金不经常和我们联系，但我们现在也相处得很好。他很不错。虽然我不太清楚，但他和瓦尔托尔联系。瓦尔托尔什么事也不跟我说。是泰迪告诉我的。”

“瓦尔托尔是个犟驴，但是……”

“是伯金自己决定和他父亲一起生活的。”埃琳博格说，“和我没有一点关系。虽然他父亲这些年既不承认他也不关心他，一次也没有，但是他还是去找他的父亲。突然，他竟然成了伯金生命中最重要的人。”

“嗯，他毕竟是伯金的亲生父亲。”

“那我们呢？我们是谁？照顾孩子的老妈子？”

“年轻人总有自己的想法。我记得你年轻时也想离开家。”

“是的，但这不一样。他这样做好像我们不是他的父母，他只是这个家的客人。我们对他来说不只是客人。他叫你外婆。泰迪和我是他的父母。突然有一天，一切都变了。我和泰迪很生气。他想认亲生父亲，这没错，人之常情，但是他完全不和我们联系这就不对了。我告诉了他，但是他不听。我不知道哪里做错了。”

“或许你没做错什么。但是事情就那样发生了，你没法掌控。”

“或许我们做得还不够，没有花太多时间在他们身上。某天，孩子们成了陌生人，都是因为我们没有花太多时间和他们相处。我们对他们不再具有任何意义。他们学会了自己照顾自己，不再需要我们了。然后他们搬出去，离开，再也不和你说话了。”

“是啊！”她的母亲说，“他们学会了自己照顾自己。他们必须学会自立，不依靠他人。如果你还住在家里，你能想象它会是什么样的吗？你爸爸整天在家里转来转去，很烦的。”

“那为什么我总觉得自己为他们做得还不够，并感到惭愧？”

“我觉得你已经做得够好了，亲爱的！别担心！”

房门开了，埃琳博格的父亲来了。“你好，亲爱的！”他捋了捋头发说，“你抓到那个凶手了吗？”

“哎呀，住嘴！”她的母亲大声说，“好像我们的埃琳博格就知道追查凶手似的！”

*

埃琳博格从父母家出来后回到警局，一直工作到很晚。十点之后才回到家。泰迪已经带孩子出去吃了汉堡、冰激凌，所以他们玩得很开心。她看着瓦尔托尔，问他玩得开心吗。他正在一边看电视一边上网，似乎全身心投入其中。阿伦也在他的房间里，正在看电视。他没有回应母亲的问候。他们心不在焉地告诉埃琳博格，泰迪出去开会了。

西奥多拉已经躺下睡了。埃琳博格看了看她的房间。床头柜上的一盏小阅读灯亮着，但是西奥多拉已经睡着了。她手里的书掉在了地上。埃琳博格轻轻地走到床边，关了灯。西奥多拉十分独立。她从不像哥哥们一样让人帮她整理房间。她每天自己整理，铺好床后去上学。她的一大摞书整齐地摆放在一个大书架上，小凳子上也极为整洁。

埃琳博格捡起书。那是她儿时的一本书。她传给了女儿：一本由英国作家所写的著名冒险故事，辞藻对于现代儿童来说可能有点华丽。这是西奥多拉最喜欢的系列书之一。埃琳博格记得自己小时候也很喜欢读它们，她迫不及待要看每一个故事。她开心地打开泛黄的书面。订书针已经坏了，封面也翻烂了。她看到自己用潦草的笔迹写下的名字：埃琳博格，三年级。扣人心弦的故事配着精美的插图，埃琳博格看着其中一幅插图；她觉得这图里有些重要的东西。她盯着它看了很长时间，直到她明白了自己发现的是什么。再一次看了看插图后，她叫醒了女儿。

“抱歉，宝贝！”西奥多拉一睁开眼睛，她就道歉道，“你的外婆很爱你。我能问你些事情吗？”

“什么事情？”西奥多拉问，“你为什么叫醒我？”

“这本书——我记不清了，我读它已经是很久以前的事了。瞧，插图里的这个人，他是谁？”

西奥多拉睁开蒙眬的睡眼，仔细看着插图。“你问他干什么？”她说。

“我只是想知道。”

“你不会把我叫醒就是为了问这个吧？”

“是的，我很抱歉，宝贝！但是你先别睡，告诉我，故事中的这个人是谁？”

“你去外婆家了？”

“是的！”

西奥多拉又看了看插图。“你不记得他了吗？”她问。

“不记得了。”她的母亲回答。

“他叫罗伯特。”西奥多拉解释道，“是个恶棍。”

“他的腿上怎么会有那个东西？”埃琳博格问。

“他生来就得那样。”西奥多拉说，“他的脚天生残疾，所以得戴着支架。”

“嗯，是的！”埃琳博格想起来了，“它是畸形的。”

“是的！”

“我能借你的书看看吗？明晚还给你。”

“为什么？”

“我想把它拿给一位叫佩特里娜的女士看看。我想她或许见过这么一个男人，他的腿上也有类似那样的支撑物，并在她家窗户外面的街道上走过。罗伯特在故事里干了什么？”

“他很恐怖！”西奥多拉打着哈欠说，“孩子们都很怕他，他要杀死他们。他是坏人。”

# 15

佩特里娜不认识埃琳博格了。她把门打开一半儿，疑惑地看着埃琳博格，心里捉摸着她是谁，想要干什么。她提醒佩特里娜，几天前她来询问过一个出现在她家房子外面街道上的男人。

“什么男人？”佩特里娜问，“是电力公司的人吗？他们还没有来。”

“他们还没来吗？”

“没来，那些人！”佩特里娜说道，深深地吸了口气。“他们根本就不理我。”她说。

“我帮你打电话。我能进来和你谈谈那天你见到的那个男人吗？”

佩特里娜看着她。“好，进来吧！”她说。

埃琳博格跟着她进去，并关上身后的门。她走进这间与之前一样满是烟味的房间。她瞥向镶着铝箔纸的房间，但是房门已经关上了。佩特里娜测量电磁波的两根棒子放在客厅的地板上，好像是她丢在那里的。埃琳博格很后悔她没有把这位老太太的事放在心上；当案件线索少之又少的情况下，日子就那样稀里糊涂地过去了。佩特里娜从窗户看到的那个瘸腿男人是个重要证人：或许他看到或者听到了一些重要的东西，或是注意到了某个人。由于一次事故或生理残疾使他成了一个瘸子，佩特里娜描述的他腿上的天线可能只是他支架的某种形式。佩特里娜一直被巨大的电磁波和铀所困扰，以至于她用自己的方式解释了这个。

佩特里娜比上一次见她时看上去更加疲惫。她没有之前那么亢奋，好像热情已经褪去，也放弃了和电磁波的斗争。或许她也放弃了等电力公司的工作人员，埃琳博格猜他们永远不会理睬这个老太太。她记得她计划给社会服务机构打电话，让他们去看看佩特里娜的状况，但是一直没有落实。老太太看上去很脆弱，对于干扰她生活的电磁波无处求助。埃琳博格看到她已经用铝箔纸包裹了电视。她还看到厨房柜台上有另一样更小的东西，同样用铝箔纸包裹着。她猜是收音机。

“我想给你看一幅我书里的画。”埃琳博格说着，打开西奥多拉的冒险故事书。

“一幅书里的画？”

“是的。”

“是给我的书吗？”

“不，不是给您的。”埃琳博格说。

“不是给我的？”佩特里娜反问道，“嗯，你当然不必给我带什么东西，我以为我是谁啊！”

“很抱歉，这是我女儿的……”

“你是警察？”

“是的。”埃琳博格说，“你记起我了？”

“你答应过我让电力公司的人马上来。”

“我是说过，但是我忘记了。”埃琳博格尴尬地说，“我们一谈完，我就立刻给他们打电话。”

埃琳博格翻开书，一直翻到有恶棍罗伯特插图的那一页。他一条腿上有一个奇怪的装置从膝盖吊到脚踝。支架由两块金属构成，固定在鞋子上。

“你说过那晚你看到一个人经过你家窗前，当时邻街发生了命案。你当时正在窗户边等电力公司的人。”

“他们一直都没来。”

“我知道。你说过那个人是个瘸子，一条腿上有像天线一样的东西，它传递电磁波。”

“是的，巨大的电磁波。”佩特里娜笑着露出被烟熏黄的牙齿。

“他腿上的装置是这个样子的吗？”埃琳博格把书递给她看。

佩特里娜放下抽了一半的烟，接过书，仔细地看着插图。“这是什么书？”她问。

“这是我女儿读的故事书。”埃琳博格捂住嘴，周围到处是烟，“所以我拿来给你看。很抱歉！这像那个瘸腿男人腿上的天线吗？就是你在你家窗外看到的那个人。”

佩特里娜想了想。“不完全一样。”她说，“他的那个支架有个夹钳，还到膝盖上面了。”

“你看清楚了吗？”

“是的。”

“所以那不是天线？”埃琳博格问。

“嗯，我能确定的是它像天线。这是本旧书吗？”

“他腿上绑石膏了吗？”

“没有，绝对没有。石膏？谁说的？”

“他看上去有没有一只脚是畸形的？”

“畸形脚？胡说！”

“他看上去像不像出过事故，所以腿上才安装了支架？”

“那条腿更大。”佩特里娜说，“绝对更大。可能为了收到信号。我听到了。”

“你听到信号了？”

“是的。”佩特里娜肯定地说，然后继续抽她的烟。

“上次谈话时你没有说这个。”

“你没问啊。”

“你听到什么了？”

“与你无关。你会觉得我是个疯子。”

“不，我没有这么想。我也不会那样说。我觉得你一点儿也不疯癫。”埃琳博格诚恳地说。

“你根本就没有给电力公司打电话。你说你会打。你觉得我是个疯婆子，胡说八道些关于电磁波的事。”

“我对您很礼貌。我从未无礼过。很多人都很担心电磁波，例如，微波炉、手机等。”

“手机会烧坏你的脑袋。就像煮鸡蛋一样。”佩特里娜用拳头敲了敲埃琳博格的头，“它们对你耳语，说些邪恶的东西。”

“是的，它们是最邪恶的。”埃琳博格快速赞同道。她握住佩特里娜的手，不让她再敲她的头了。

“我没法听清楚，虽然他不能快走，但是他的速度还是很快的。他路过这里，一瘸一拐地走，活像一只被烫伤的瘸腿猫。那是……”

“嗯？”

“好像他在拼命跑，为了逃命。”

“你听到了什么？”

“听到？我没法听清他说的。”

“你说你听到了来自他那里的某些信号。”

“可能吧，但是我没有听清他打电话的内容。我就听到了嗡嗡声。那是电磁波。我听不清他在说什么。听不清。他很匆忙，拼命跑。我什么也没有听清。”

埃琳博格注视着老太太，并努力理清她说的话。

“什么？”当埃琳博格默默地注视着她时，老太太说，“难道你不相信我？我没法听清楚他说的话。”

“他拿着手机？”

“是的。”

“他在打电话？”

“是的。”

“那是什么时候？”

“晚上。”

“能再准确一点吗？”

“为什么？”

“他打电话时神情是否焦虑？”埃琳博格一字一字地问。

“是的。显而易见。他很匆忙。我看得很清楚，但是我知道他没法像他想的那样快，因为他的腿瘸了。”

“你知道案发现场是在邻街吗？你知道是哪栋房子吗？”

“我当然知道。18 栋。报纸上写的。”

“他是朝那个方向去的吗？”

“是的，肯定是。”

“你有没有看到他下车？有没有看到他从同一个方向回来？有没有再次看到他？”

“没有，没有，没有。这本书是你女儿的。好看吗？”

埃琳博格没有听见她的问题。她正在想从 18 栋出来的逃跑路线。她记得有条小路直通毗邻的花园，然后通往邻街。“你觉得他年龄多大？”她问。

“不知道。我不认识他。你认为我认识他吗？我根本不认识他。我不知道他的年龄。”

“你说他戴着羊毛帽？”

“这本书好看吗？”佩特里娜又问。她没有回答埃琳博格的问题，但把书还给她。她感到厌烦了。她想谈点别的并且做点别的。

“是的，好看！”埃琳博格说。

“你介意给我读一点吗？”佩特里娜恳切地问。

“读给你听？”

“你介意吗？只读几页。不会太多。”

埃琳博格犹豫了。她的警察生涯中经历了许多事，但还从没被问起过这样的问题。

“我读给你听。”她说，“我当然愿意给你读。”

“谢谢你，亲爱的。”

埃琳博格翻开书的第一页，开始读孩子们的冒险经历，他们不喜欢瘸腿的罗伯特，他的腿上有个支架，心里有个大阴谋，那就是想毁了所有人。

埃琳博格读了五分钟，佩特里娜就在椅子上睡着了，看起来很平静，不再担心电磁波和大量化学铀的干扰。

*

埃琳博格回到车里，打电话给电力公司，要他们立即为老太太处理家里的电磁波问题。她说她常常接到客户打来的电话要求处理电磁波问题。她很熟悉佩特里娜和她家里的情况；她说她已经去过她家好多次了，并建议重装公寓里的电线。事实上，专家解释道她测出来的读数没法说明这是高强度电磁波。在她看来，佩特里娜是位“可爱的疯癫老太太”。

埃琳博格联系上社区服务机构后才知道，佩特里娜是独自一人生活，他们常常忽视她。有位社区清洁工会定期去她家打扫，虽然佩特里娜行为怪异，但是能够独立生活。

埃琳博格正想往家里打她的第三个电话时，手机铃声响了。是西于聚尔·奥利的电话。

“我认为爱德华这个家伙不老实。”他说，“你有时间来趟警局吗？”

“什么事儿？”

“待会儿见。”

# 16

几分钟后，埃琳博格从辛霍特街到达警局，西于聚尔·奥利和一位刑事调查局的同事已经等她好一会儿了。他是一位资深侦探，名叫费努。两人一直在咖啡厅谈论谋杀案的调查。西于聚尔·奥利提到了帮他的朋友卢诺弗买药的爱德华。

“所以，”埃琳博格坐下来问，“爱德华怎么了？”

“如果是他买的氟硝安定，我们很想知道，他是给自己买的还是帮别人买的？”费努说。

“为什么？你有了什么新发现吗？”

“你了解整个案件——从调查开始你就参与了。”他看了一眼埃琳博格说，“埃伦迪尔一直对这类案子很关注，虽然我们一直没能找到那个女孩。她十九岁，在其位于西边的阿克拉内斯的家里失踪了。当地警察告诉我们的。”

“阿克拉内斯？”

“是的。”

埃琳博格看看费努，又看看西于聚尔·奥利。“等下……你们是在说莉娅吗？那个阿克拉内斯失踪的女孩？”

费努点点头。

“事实证明，爱德华认识她。”西于聚尔·奥利说，“她失踪时他正在阿克拉内斯综合大学教书。费努问讯过他。我一提他的名字费努就想起了他，但是他不知道他在黑市上买了迷奸药。”

“如果他和瓦鲁尔联系过，那么他肯定已经做好了准备，因为瓦鲁尔总是很低调。”费努说，“他非常谨慎，不相信任何人。他也不多说一句话，但是我们知道他在买卖赃物，还卖各类药物。我看到一些奇怪的家伙走在街上，并从瓦鲁尔那里买东西——处方药或者其他东西。还远远不止这些。”

“瓦鲁尔说他之前从来没有见过卢诺弗。”埃琳博格说。

“瓦鲁尔的话，你一个字也不要相信。”费努说，“他们可能是好朋友，每天都见面。”

“但是描述符合。他告诉我们的是爱德华。”

“或许他想让我们排除他的嫌疑，将爱德华视为一个威胁。你应该去和瓦鲁尔再谈谈——他们两人彼此都认识，而且很熟。给他一个下马威，他会招供更多。”

“我想不出谁会将爱德华视为一个威胁。”西于聚尔·奥利说，“他是个废物。”

“你认为爱德华与莉娅失踪案有关？”埃琳博格问。

费努耸了耸肩。“在调查期间，他接受了问讯——不过，我们对在场的所有人都录了口供。”

“他教过她吗？”

“不在她失踪的那段时间，但是之前教过她。”费努说，“他可能没有介入。我没说是他干的。那个案子毫无进展，甚至没法断定有没有实施犯罪，或者是否是那个女孩想结束自己的生命，而其中原因我们不得而知。或者发生了什么意外。我们什么也没发现。”

“什么时候的事儿？六七年前吗？”

“六年前。在1999年。西戈告诉我的时候我就想起爱德华来了。我们找所有的老师问话了，我亲自问的。我记得他住在雷克雅未克，每天开车上下班。西戈说他现在在布雷德霍特学院当老师。”

“他四年前离开了阿克拉内斯综合大学。”西于聚尔·奥利说，“还有，别叫我西戈。”

“爱德华和卢诺弗是朋友。”埃琳博格说，“根据爱德华的口供，他们是好朋友。”

埃琳博格一直想着那个失踪的女孩莉娅。阿克拉内斯警局联系上了女孩的母亲，她已经超过24小时没有看到女儿或得到女儿的消息，很担心女儿。莉娅和父母住在一起，离家去看望一个朋友，她告诉母亲她和朋友去看电影，之后可能住在朋友家，她常常这样。那天是一个周五晚上。莉娅没有手机。周六下午，莉娅的母亲打电话到她的朋友家。那个女孩告诉莉娅的母亲，她们原本打算去看电影，但结果她没有联系上莉娅。她还以为莉娅到乡下看望她的外婆去了。

到了周日仍没有发现任何线索。媒体相继报道，照片也发出来了，但是没有任何结果。一场大规模的调查和寻找也收效甚微。莉娅是综合大学的一名学生，过着平凡的生活：按时上课，周末和朋友出去玩，偶尔去位于华尔峡湾的外婆家的马场玩。她很喜欢马，暑假去马场帮忙，憧憬着未来能当驯马师。她没有任何嗜酒抽烟的不良记录。她没有男朋友，但有一个关系较好的男性朋友；其他女孩被她的失踪一事吓坏了。搜救队在寻找她，市民们也到处寻找她。但一直都没找到莉娅，也没有发现任何相关线索。

“其他女孩了解情况吗？”埃琳博格问。

“不了解。”费努说，“她们不相信她会自杀。还提出了一个荒谬的建议。她们觉得她有可能发生了意外，甚至被谋杀了。我们还没有任何头绪。”

“你记得爱德华那时说的话吗？”埃琳博格问。

“你可以自己看，所有的口供和笔录都在文件里。”费努说。

“我认为他和其他老师说得差不多：她是个勤勉好学的好学生，他们不知道她发生了什么事。”

“现在的结果是爱德华试图得到迷奸药？”

“我只是猜测。”费努说，“我认为这个家伙在卢诺弗案件上很可疑。女孩失踪时他在阿克拉内斯综合大学教书，而且他还买过迷奸药。他值得怀疑。”

“你说得对！”埃琳博格说，“谢谢提醒——我们以后多交流。”

“得让我知道进展！”费努说完后就离开了。

“我想……”埃琳博格想说些什么，但之后陷入了沉思。

“什么？”西于聚尔·奥利问。

“任何事都有新转机！”埃琳博格说，“卢诺弗和爱德华他们两个，还有阿克拉内斯的女孩。如果有关联，那么这种关联到底是什么？”

“什么关联？”

“不知道。难道是卢诺弗发现了爱德华某些不可告人的秘密？爱德华必须除掉他？卢诺弗家的迷奸药是爱德华的吗？或许是卢诺弗从他那里拿的？或许卢诺弗根本无意使用这些药？”

“他被杀当晚没有女人在场吗？”

“如果他们两人之间发生了冲突呢？”

“你是说卢诺弗和爱德华？”

“如果卢诺弗威胁他要去举报他呢？他可能勒索爱德华吗？”

“当然，爱德华很会编故事。”西于聚尔·奥利说，“他知道氟硝安定在卢诺弗家里。新闻上也说了。编个理由说是卢诺弗要他去买的，这对他来说是小菜一碟。”

“借助你的一点帮助……”埃琳博格无法说下去了。

“嗯，正如我所说的，他肯定在我们出现前就已经编好故事了。我们去把他带来警局吧？”

“不要，目前还不要去。”埃琳博格说，“我们还需要一点证据——再和瓦鲁尔谈谈。我先去找女孩失踪一案的笔录。然后我们再去和他谈。”

埃琳博格找到了莉娅失踪案的警方记录。根据证词显示，爱德华在阿克拉内斯综合大学教数学和科学。他的陈述很短，没有任何线索。他不知道莉娅那周五失踪后去了哪里。他记得很清楚，他之前教过她。她不是个很出类拔萃的学生，但是个安静快乐的女孩。他说那周五他很早就下课，然后回雷克雅未克的家了。

# 17

对于佩特里娜看见的那个瘸腿直奔 18 栋的男人的搜查没有任何结果；至少证词不完全可靠，对瘸腿男人的描述也有疑问。埃琳博格咨询了整形外科专家，他可以解释清楚腿上的支架一事。可能只是他的腿受伤了，但应该还有更有价值的发现。

整形外科专家的名字叫希迪贡娜，她请埃琳博格在其门诊时间来。希迪贡娜现年四十岁，金色头发，体型很好，她是健康生活方式的模范。埃琳博格在电话里大概跟她说了些，她对埃琳博格的调查方法很感兴趣。

“你在找什么样的腿支架呢？说得准确点。”埃琳博格一坐下，希迪贡娜就问。

“我们不清楚，这就是问题所在。”埃琳博格说，“描述很模糊，我们的证人也说不清楚。很可惜。”

“但是你的证人说她可能看到了金属棒，不是吗？”

“她确实说过她看到了一根‘天线’，但是我觉得她可能是指某种支架，可能是固定在腿上的金属支架。他穿着运动长裤。”

“他穿矫正鞋了吗？是那样一拐一拐地走吗？”

“可能吧，我不知道。”

“如果这个人是生理残疾，我觉得他的一只脚是畸形的。他需要穿相匹配的鞋。另外一种可能就是关节炎导致的肌肉萎缩。或许他做过手术，可能做过关节固定术。”

最后那个词埃琳博格完全不懂。

“你是指那种支撑整条腿的支架吗？”希迪贡娜说。

埃琳博格看着她，“听起来像。”

“那是骨折才用的。”希迪贡娜笑了笑说。

“我们朝着那个方向想，但是毫无头绪。我们看了近几个月受伤复查的记录，也没任何收获。”埃琳博格说。

“那我们再想想！比如，小儿麻痹症导致的腿部畸形在冰岛是很普遍的。这种情况下只一条腿需要支架，不是吗？”

“是的，目前是这样。”

“你知道他多大了？”

“还不确切。”

“最近的一次流行小儿麻痹症是在 1955 年，第二年就启动了疫苗规划。之后这种疾病就几乎不见了。”

“所以如果他是在那时得了小儿麻痹症，那他现在至少 50 岁多了。”

“是的，但之后还有一种疾病，叫良性肌痛性脑脊髓炎。”

“良性肌痛性脑脊髓炎？”

“这是一种传染性疾病，症状和小儿麻痹症很像。据说是小儿麻痹症的变体。第一例是 1948 年在阿克雷里发现的。如果我没记错的话，那个市里 7% 的人都患了这种病，包括那些阿克雷里中学的寄宿生。它不会造成永久性的肢体障碍，但也可能有出入。”

“这里有那些得小儿麻痹症患者的资料吗？”

“肯定有。很多人都被送去了雷克雅未克的隔离诊所。你可以联系卫生部——他们可能还有记录。”

*

埃琳博格没有回家做饭。她打电话告诉泰迪说不确定什么时候能回家。他习惯了她工作很忙，告诉她要注意安全。他们简单说了几句。埃琳博格让他确认一下西奥多拉早上要带去学校的编织物。她要为班级编织东西，但是西奥多拉讨厌学校里的手工课，无论是针线还是木工。她当前的任务是编织一顶羊毛帽子，但是大部分还是妈妈帮她织的。

埃琳博格挂了电话，把手机放进口袋，按响门铃。她听到屋里有响声。很长时间过去了，但没人应门。她再次按响门铃，听到一阵嘈杂声，然后一位衣冠不整的女人穿着白色睡袍出来了。

“晚上好！”埃琳博格说，“瓦鲁尔在吗？”

“你是谁？”

“我是警察。我叫埃琳博格。几天前我们谈过话。”

女人打量了埃琳博格一番，然后叫瓦鲁尔出来说有人找他。

“他就是在这儿卖药的吗？”埃琳博格直接说。

女人看着她，似乎不明白这个问题是什么意思。

瓦鲁尔出来了。“怎么又是你？”他问。

“你介意出来一趟吗？”埃琳博格问。

“她是谁？”女人问。

“没事！”瓦鲁尔说，“进去，我来处理。”

“哦，好吧！你处理好了。”她冷笑道，然后走进屋，里面传来一个孩子的哭声。

“你为什么就不能放过我？”瓦鲁尔说，“你一个人来的吗？之前那个一起来的浑蛋呢？”

“不会耽误你很长时间的。”埃琳博格说。她希望门铃声没有把小孩吵醒。“就出去一会儿。”她补充道。

“出去一会儿？这回又是什么破事？”

“待会儿你就知道了。你会获得回报的。我觉得你需要这些东西。”

“我不为你做事。”瓦鲁尔说。

“真的？事实上，我知道你会的。有人告诉我，你很配合，尽管你不愿意配合我。我在缉毒队的朋友说你供出了所有的药物贩卖者。他说如果我告诉你这个，你就会配合了。或者我去把他找来，我们三个人一起谈谈。但是我觉得没必要打扰他。他和你一样有家庭。”

瓦鲁尔想了想后说：“你想让我做什么？”

*

埃琳博格在车里等瓦鲁尔，等他出来后她开车载他去爱德华家。在路上，她说了她希望他做的。谈话很简单，总之，就是要他说实话。她不想把爱德华抓进警局，并让瓦鲁尔确认他就是以卢诺弗的名义购买氟硝安定的那个人。她不想向爱德华透露任何信息，让他焦虑不安，但是她需要确定是爱德华从瓦鲁尔那里买的药。埃琳博格还跟她在毒品缉私队的朋友谈了谈，确定迷奸药最可能来自瓦鲁尔。虽然原因不同，但他和埃琳博格都迫切想减少雷克雅未克街道上毒贩子的数量。埃琳博格的同事坚决否认毒品缉私队对瓦鲁尔睁一只眼闭一只眼，并声称那是不可能的。

“但你们知道他在卖迷奸药。”埃琳博格说。

“我们也第一次听说。”

“得了吧，你们什么都知道。”

“我们知道的是他已经不卖了。但是他还和这行有瓜葛。我们得权衡利弊。这不是预料中的——你应该知道。”

快到爱德华家时，埃琳博格关掉车的引擎。瓦鲁尔坐在副驾驶座位上。

“你之前来过这里吗？”她问。

“没来过。”瓦鲁尔说，“我们来这里干什么？”

“那个自称是卢诺弗的人住在这里。我需要你确认我们说的是不是同一个人。我过去让他出来。你看能不能认出他来，这对你来说不是什么难事。”

“然后我们就能离开这个鬼地方了吗？”

埃琳博格走过去，敲了敲门。破旧的窗帘后面电视机屏幕发出的亮光清晰可见。上次和西于聚尔·奥利来这里的时候她就注意到了这些亮光。毫无疑问，它们曾是白色的，但经过多年的污垢积累，它们已经变成棕色的了。她再次更加用力地敲了敲门，耐心地等待着有人来应门。爱德华的破车和上一次一样停在外面。

门终于开了，爱德华出来了。

“你好啊！”埃琳博格说，“很抱歉打扰你。我昨天可能把我的包落在这里了。它是一个棕色的皮质双肩包，你看到没有？”

“你的包？”爱德华惊讶地问。

“不在这里那就是被偷了。我找不到。我把到过的地方都找了一遍。我想或许在你这里？”

“没有，抱歉！不在这里。”爱德华说。

“你确定？”

“是的，相当确定。你的包不在这里。”

“你能进去看看吗？我在这里等。”

爱德华怀疑地看着她。“没有必要。它不在这里。你还有其他事情吗？”

“没有。”埃琳博格郁闷地说，“很抱歉给你添麻烦了。里面没有多少钱，但是我必须把我的银行卡销户，还得重办驾照……”

“是的。我觉得……”埃德华说。

“谢谢。”

“再见。”

瓦鲁尔在车里等着。

“你觉得他看到你了吗？”埃琳博格一边开车一边问。

“没有，他没有看见我。”

“是他吗？”

“是，是那个家伙。”

“是那个用卢诺弗的名字来向你买氟硝安定的人吗？”

“是的。”

“你说你只见过他一次，大约六个月前。你说你不认识他，之前也从来没有见过他。你说他一个亲戚让他和你联系的。都是谎话。

不是吗？”

“不是。”

“最重要的是你得告诉我真相。”

“放过我吧！该说的我都说了。你调查的事情与我无关。我才不管你说的什么重不重要的事。现在送我回家。”

剩下的路途中，他们谁都没有说话。当他们到达瓦鲁尔的公寓楼时，他一言不发，砰地关上车门，下车离开了。

*

埃琳博格回到家，还在想着案子。收音机里播放了一首她最喜欢的女歌手唱的歌：我呼喊了你的名字，但是没有任何回复……她想着爱德华和阿克拉内斯女孩莉娅。或许他知道一些她失踪的事情，六年前的事情？她很早就发现了。爱德华没有犯罪记录。他和卢诺弗的关系是卢诺弗谋杀案的重点，但是值得注意的是，爱德华购买氟硝安定时用的是卢诺弗的名字。爱德华一直都在为卢诺弗买这种药吗？什么时候开始的？为什么？爱德华自己会用这药吗？佩特里娜看到的那个匆忙穿过辛霍特街并朝18栋楼去的男人是谁？埃琳博格觉得佩特里娜提供那个男人的信息是可靠的，即使她的一些陈述有些难懂。那个男人为什么如此匆忙？他看到了什么？他和卢诺弗家里那个“唐杜里女人”有什么关系？他可能不仅仅只是个潜在的目击证人？或许他就是杀害卢诺弗的凶手？

埃琳博格把车停在家外，坐在车里想了一会儿，这些问题都没有答案。她觉得最近忽略了家庭，心里很内疚。和工作比起来，她总是顾不上家庭，和家人相处的时间太少了。

案件总是不顺利，她也没办法。棘手的案子总是这样没完没了。

随着时间的流逝，埃琳博格越来越需要家庭这个避风港。她想坐下来教西奥多拉编织。她想更了解瓦尔托尔一些，了解他如何成长为一位独立成熟的男人。那时除了尴尬的通电话，他可能不会和她联系了，两人都不知道要说些什么。他偶尔会来看望她。或许在他很小的时候，她就忽略了他，因为无论怎样她都会把工作放在第一位——从早到晚都在忙工作。或许她对工作的付出比生命还多。她明白时光没法逆转，她只能尽量弥补。或许这一切都太迟了。或许将来她只能在博客看到儿子的消息，她不再知道该如何亲近他。

白天上班时她已经看过瓦尔托尔的博客。他描述了他在电视上看到的一场足球赛，在一个受欢迎的访谈节目里关于自然资源保护的一场政治辩论——他似乎支持大企业的利益。他还和学校里他讨厌的老师顶嘴了；最后他还提到了他的母亲：她总是烦他，就像她总是烦他的哥哥，让哥哥去瑞典找他的亲生父亲了。“我有点羡慕他。”瓦尔托尔写道，“我想租个房子。我受够了。”

受够什么了？埃琳博格很诧异。我们都几个星期没说话了。她点开第一条评论，看到了这么几个字：

母亲们都糟透了。

# 18

当埃琳博格站在科帕沃于尔的一栋公寓门前时，一个男人看到了她。他不愿邀请她进屋，所以她解释说想站在外面看看，不会惹什么麻烦。她有一张雷克雅未克隔离诊所的人员名单。他们是20世纪50年代小儿麻痹症免疫规划实施前的最后一批患者。

这个男人看起来很警惕，半躲在门后，所以埃琳博格看不出他是否佩戴腿支架。她告诉他，警方正在调查一批年轻时患过小儿麻痹症的人。调查与一宗雷克雅未克谋杀案有关——事实上是与辛霍特街谋杀案有关。

男人听完后问她到底在找谁。她告诉他：一个可能仍佩戴腿支架的男人。

“那我帮不了你。”他说着，打开门，双脚都可以看得见。他没有戴腿支架。

“你记得当年在隔离诊所的人中有谁现在还佩戴着腿支架吗？我是说后来还一直戴腿支架的人。”

“这不关你的事，亲爱的！”男人说，“再见！”

对话就这样结束了。这个男人是埃琳博格谈话的第三个人，他以前在隔离医院住过。当然也有友好的人，但是都是徒劳。

名单上接下来一位男子住在东边郊区的一栋别墅里。他听了埃琳博格的来意后，立刻很热心地招待她。他热情地邀请她进屋。他没有戴腿支架，但她看到他的左侧胳膊萎缩了。

“那时这里的人都患了小儿麻痹症。”他叫卢卡斯，60岁，身体瘦弱。

“14岁时我住在塞尔福斯。我到现在还记得当时病得有多严重。我全身都疼，像流感一样，从头到脚都瘫痪了。我无法动弹。那是我一生中最糟糕的日子。”

“那是一种很可怕的疾病。”埃琳博格说。

“没人能想到会得这种病。”卢卡斯说，“他们认为那只是普通的感冒，但是结果证明却是很严重的疾病。”

“你被送去隔离诊所了？”

“是的，一旦发现病情恶化，他们就把我送去了隔离区，送去了一个叫‘隔离诊所’的房子里。里面的人来自全国各地，大部分都是孩子和年轻人。我觉得自己很幸运。我康复了，感谢在诊所的救治，但是我的胳膊从那时起就废了。”

“你记得诊所里有戴腿支架的男的吗？我不知道具体该怎么说。”

“我不知道他们最后怎么样了。你知道的，大家都失去了联系。我觉得我没法给你提供什么有用的线索。但是有一件事情我要说：那些和我一起的年轻人，他们都挣扎着求生。”

“我相信人在磨难面前是不会轻易放弃的！”埃琳博格说。

“我常常说，我们的将来会被暂时搁置一会儿。”卢卡斯继续说，“但是我们肯定会好起来的，我们也是那样做的。我们要努力不让病魔摧毁我们。我绝不会放弃。放弃这个词在我的字典里从未出现过。”

*

埃琳博格经过华尔峡湾隧道开往阿克拉内斯。北风呼呼地吹。她已经联系好了莉娅的父母，莉娅在六年前失踪了。她告诉莉娅的母亲如果案情有任何进展要随时联系警察。这位母亲第一次接到埃琳博格电话的时候，还以为他们有了新发现，埃琳博格迅速地打消了她的想法，说她还没有任何新发现。她只想要审查案件，看看莉娅的父母能否提供对案情有帮助的线索。

“我原以为可以结案了。”这位母亲在电话那头说。

“没有，目前还没有什么新发现，我们了解得还很少。”

“所以你想要干什么？”莉娅的母亲哈格迪尔问，“你打电话找我有什么事？”

“我想和你取得联系，然后问问有关案子的事情。”埃琳博格说，“几天以前，一位同事提起了莉娅。我那时也参与了调查，我突然想到您可能会为我提供些新想法，把这个案子分析透彻。我们试图从莉娅的案件中了解一些线索。我们正在调查新线索。”

“当然可以！”这位回答。

她一直在等待拜访者的到来，埃琳博格还未停好车，她已经打开门了。她们在冷风中握了握手，哈格迪尔请她进屋。她比埃琳博格大几岁，身材很好，看起来很瘦。警察的到来让她看上去有些紧张。她说她现在一个人在家。她丈夫是名渔船机械师，一大早出海了。这对夫妻住在一栋老房子里，房前是个大花园，带着一抹秋色。埃琳博格在客厅看到了莉娅的大照片，那是她失踪前两年照的。她认出那张照片是在报纸上刊登的那张。女孩很年轻，褐色头发，棕色眼睛，看起来很快乐。照片镶嵌在一个黑色的相框里，放在柜子上，前面点着蜡烛。

“她只是个普通的孩子。”哈格迪尔坐下说，“一个很可爱的孩子！她对一切事情都很感兴趣，喜欢和外公外婆待在华尔峡湾。她所有的时间都和马在一起。但是她在市里有很多朋友：你可以去问亚丝拉琪——她们从幼儿园开始就形影不离。她现在在一家面包店工作，嫁给了一个好男人，生了两个孩子。亚丝拉琪和她关系很好。她们一直有联系，常常聊天。她还会带两个孩子过来，两个很漂亮的孩子。”

埃琳博格从哈格迪尔的语气中听出了一丝遗憾。

“你觉得发生了什么事？”埃琳博格问。

“这些天我一直在自我折磨，而且我认为这是上帝的旨意。我知道她现在肯定已经死了，我慢慢接受了这个事实，她在天堂。至于发生了什么，我不知道。知道的并不比你们多。”

“她本来打算整晚都和朋友待在一起，是吗？”

“是的，和亚丝拉琪在一起。她们说好见面后一块儿去看电影。她们常常毫无计划地待一整夜。有时莉娅打电话回来说在亚丝拉琪家过夜，有时亚丝拉琪也会过来。她们没有提前约定，但是这次莉娅说了她会去亚丝拉琪家过夜。”

“你最后一次和她说话是什么时候？”

“星期五，那天她失踪了。再见，她说。这是她对我说的最后一句话。就是普通的对话。一个常规电话而已。我什么也不知道。我也说，再见，宝贝！我觉得很好。就这些。再见，宝贝！就这些。”

“这么说来，之前她并没有觉得沮丧或者不开心，对吗？”

“嗯。我的莉娅从来没有沮丧过。她总是开开心心的，很乐观，很热心帮助别人。她心地善良，天真无邪，是个好姑娘。她对人很好，别人对她也好。她信任别人，从不使坏，因为别人也对她很好。她心里只有善。”

“关于学校里欺凌的讨论很多，还有制止这些事情的方法。”埃琳博格说。

“不是，没有那样的事情。”哈格迪尔说。

“她在学校开心吗？”

“是的，莉娅是个好学生。她最喜欢数学，她总说将来上大学要做科研——物理或者数学。她还想出国读书，去美国。她说美国的学校那些学科实力最强。”

“学校的科学课上得好吗？”

“据我所知，很好。我还没有听谁抱怨过。”

“她说过与教学或者任课老师相关的事情吗？”

“没有。”

“她有没有提过一位叫爱德华的老师？”

“爱德华？”

“他教的是科学。”埃琳博格说。

“你为什么问他？”

“我……”

“他认识我女儿吗？或者知道什么事情吗？”

“她失踪前他教过她。他只是我的熟人，仅此而已。我知道他那时在教她。”

“她从没有提过爱德华。他是这里的人吗？我不记得她特别说起过他或其他任何一位老师。”

“不，不是。我只是想问问，因为我认识他。爱德华住在雷克雅未克。他每天开车上下班。他当年很年轻。他有个朋友叫卢诺弗。你记得莉娅和你提过这些吗？”

“卢诺弗？他也是你的朋友吗？”

“不！”埃琳博格意识到自己陷入了一个窘境。她不想告诉哈格迪尔实情，也没有解释她的疑虑，直觉告诉她，莉娅的失踪和雷克雅未克的强奸案有关。如果没有必要的话，她不想增加这个女人的焦虑，特别是她没法继续说下去了，她只是想看看哈格迪尔听到这些名字后能否给出一些有用的线索。

“你为什么一会儿说莉娅，一会儿又说那些人呢？”哈格迪尔问，“你是不是有什么新发现瞒着我呢？是什么？”

“很抱歉！”埃琳博格说，“或许我不该说那些名字。他们和莉娅的失踪没有关系。”

“我不认识他们。”

“哦，我想你也不认识他们。”

“卢诺弗？他不就是雷克雅未克那个被杀的人吗？”

“是的。”

“是他吗？你问的是同一个人吗？”

埃琳博格犹豫了。“爱德华认识卢诺弗。”她说。

“认识卢诺弗？所以你来了？卢诺弗和我女儿的失踪有关吗？”

“没有。”埃琳博格说，“一切都还没有查清楚。我们只知道爱德华和卢诺弗是朋友。”

“我不认识他们——我从没听说过他们的名字。”

“是的，我料到了。”

“他们和莉娅有关系吗？”

“没有。”

“那你为何来这里问他们的事呢？”

“我只是想知道你是否听过他们的名字。仅此而已。”

“莉娅的案子没有被忘记就好。”

“我们会尽力的。”埃琳博格迅速地换了个话题，问莉娅的母亲他们的一些日常习惯，并安慰她警方一直在搜寻线索，即使过了这么多年。埃琳博格和她聊了一会儿，离开时已经傍晚了。哈格迪尔送她到车前，不惧严寒地站在寒冷的北风中。

“有没有其他人也突然失踪了？”她问埃琳博格。

“没有，不是同一种失踪，如果你想说的是——”

“时间好像定格在那一刻，直到我们了解到发生了什么。”

“那当然是一段可怕的经历。”

“悲剧一直没有停止。我们无法和女儿说再见，因为我们都不了解发生了什么。”哈格迪尔虚弱地笑了笑，双手抱在胸前。“莉娅失踪后，我们的生命就缺失了一块，再也找不回来了。”

她用手挠了挠头发。“或许我们丢失了自己。”

*

面包店很安静，亚丝拉琪在工作。埃琳博格打算在离开之前来一趟这里，进门的时候门上的铃铛丁零作响。北风越来越大，埃琳博格几乎是被它吹着进了面包店。她闻到了一股新鲜出炉的面包的香味儿。一位穿着围裙的年轻女子正把零钱递给顾客。她关上放钱的抽屉后，对埃琳博格笑了笑。

“有意式面包吗？”埃琳博格问。

女人看了看面包架。“有，还有两个。”

“我要了，还要一条全麦面包，谢谢！”

女人把意式面包装进一个袋子里，并把一条全麦面包放在柜台上。

“给！”年轻女人说。

埃琳博格将她的信用卡递了过去。“我听说你有个叫莉娅的好朋友？”埃琳博格说，“你是亚丝拉琪，对吗？”

女人看着她。她一点儿也不觉得诧异。“是的！”她说着，用手指了指自己的名字。“我是亚丝拉琪。你认识莉娅？”

“不，我是雷克雅未克的警察，恰好路过。我有同事说起了莉娅失踪一案。他说你俩是最好的朋友。”

“是的！”亚丝拉琪说，“嗯，我们是……她是个很好的女孩儿。所以你们谈论我们了？”

“我和同事谈话时想起了莉娅失踪一案。”亚丝拉琪还给埃琳博格信用卡时埃琳博格说，“莉娅本来计划整晚和你在一起，是吗？”

“是的，她是这样对她母亲说的。我以为她改主意去她外婆家了。她常常这样做。我也没多想。那天早晨我还和她说话了——我们打算晚上去看电影，然后回我家。我们还打算一起去丹麦旅游。就我们两个人。然后……然后她就失踪了。”

“她好像凭空消失了一样。”埃琳博格说。

“令人难以置信！”亚丝拉琪说，“太荒谬了！太荒谬了！我只知道她不会自杀。她肯定是遭遇了什么不寻常的事故……她以前常常去海边。我能想到的就是她可能滑倒，失去了意识，然后涨潮时淹死了，或者类似的。”

“你确定她没有自杀吗？”

“绝对没有。多么愚蠢的想法。她当时正准备给外公买生日礼物。她那天早上跟我说她去一家卖骑马装备的体育用品商店看了看。她外公喜欢马。那是我们最后一次见面。然后她就失踪了。没人知道她发生了什么事。”

“但那家店似乎没有她想买的，是吗？”埃琳博格看着证人证词说。

“是的。”

“那是最后行踪。”

“正如我所说的，这没有任何意义。那晚她没联系我，我并没觉得有什么不对劲。我们没有说定计划，而且她常常不提前告诉任何人就去农场。我还以为她去了那里。”

门铃响了，一位顾客进来了。他买了丹麦甜糕饼和蛋卷。又一位顾客进来了，埃琳博格耐心地等着。

“她的父母相处融洽吗？”顾客走后，她继续问。

“时好时坏。”亚丝拉琪说，“他们的婚姻不是很幸福。哈格迪尔很虔诚，是个原教旨主义者。莉娅的父亲亚基和她不一样，他不信那个。”

“你们上学时就在一起玩吗？”

“是的，很早就一起玩。”

“在综合大学时也在一起？”

“是的。”

“她在那里快乐吗？”

“是的，很快乐。我们两个都很快乐。她数学特别好。物理和其他学科也很好。我就是语言好一些。我们还打算去丹麦学习。那可能……”

“她似乎也想去美国。”

“是的，她想移民。”

门又开了。亚丝拉琪开始招呼她的第四位顾客，之后埃琳博格又问她有关爱德华的事。埃琳博格很感激亚丝拉琪在店里有其他人的时候没有谈有关莉娅的事。“她在大学里有最喜欢的老师吗？”她问亚丝拉琪。

“没有，据我所知，没有。”亚丝拉琪说，“他们都很好。”

“你记得有位老师叫爱德华吗？他教科学。”

“是的，记得。他几年前离开了。他没有教过我。他教过莉娅。我确定。”

“她说起过他吗？”

“没，我记得她没有说起过他。”

“你还记得他吗？”

“是的。有一次，他还让我搭他的车去市里。”

“市里？你是说这里的市中心吗？”

亚丝拉琪第一次笑了笑。“不。”她说，“爱德华住在雷克雅未克，他载我去那里。去雷克雅未克。”

“最近吗？”

“不是，那已是很多年前的事了。那时他还在这里教书。那时莉娅还没失踪，因为我记得我告诉过她。他人很好。你为什么问这些？”

“然后呢？你到了雷克雅未克后，他就把你放下了？”

“是的。我在等公交车时，他停下车载了我一程。我打算去雷克雅未克购物，他就载我去了可林兰商场。”

“他常常让人搭便车吗？”

“我不知道。”亚丝拉琪说，“但是他人很好。如果我愿意，他还邀请我去他家做客。”

“去他家？”

“是的，怎么了？你为什么一直问他？”

“你去了吗？”

“没有。”

“他载过莉娅吗？”

“我不知道。”

门开了，又来了一位顾客，不一会儿，面包店里便挤满了人。埃琳博格拿起面包，跟亚丝拉琪道别后离开了，她的身后传来商店的门铃声。

*

埃琳博格开车回到雷克雅未克，在亚洲食品店关门前到达。乔安娜不在店里，店里是一个女孩在照看，这女孩说见过她几次，但埃琳博格却想不起之前见过她。埃琳博格解释说她和乔安娜很熟，也希望和她谈谈。这个年轻女孩是乔安娜的侄女，今年 25 岁，很友好，也很热情。她之前常常帮助乔安娜经营商店，她说她阿姨的健康状况越来越糟了。原因不明——或许是劳累，她坦率地说，她阿姨工作太累，而且没有好好照顾自己。埃琳博格觉得看店的日子很煎熬，女孩也很高兴能有人说说话。

“如果你常在这儿，或许你可以帮我。”埃琳博格说，“我和乔安娜谈过。她知道我是警察，我告诉她我正在找一个年轻女人，她有一头深褐色秀发，可能是你们店里的一位顾客。她可能会来买唐杜里香料，或者买锅。”

女孩陷入了沉思。

“她可能披着一条披肩。”埃琳博格说，“我可以给你看看，但是我现在没带在身上。”

“披肩？”女孩问，“乔安娜没帮上忙吗？”

“她答应帮我看看。”

“这个季度我只卖出去过一口唐杜里锅，但买主不是一位披着披肩的女士，而是一位男士。”女孩说。

“这么说，你不记得有这样一位常客—— 一个有着深褐色头发的年轻女人，对吗？谁会对做印度菜，或者其他任何一种亚洲菜、调料感兴趣呢？或许她去过远东？”

女孩摇摇头。“我希望我能帮上忙。”她说。

“当然可以。买唐杜里锅的男人是一个人吗？你还记得吗？”

“是一个人。没有女孩和他一起。我记得很清楚，因为是我帮他把锅放进车里的。”

“是吗？”

“他不想麻烦我，但是我告诉他没事。”

“他需要帮忙，是这样吗？”

“他腿有点瘸。”女孩解释道，“他的腿有点问题。他人很好，而且对我充满了感激。”

# 19

这一家人生活得很好。埃琳博格了解到，丈夫是一位资深经济学家，也是农业部主任。妻子在银行工作。他们居住在城市的繁华小区，屋内家具奢华，真皮沙发、栎木餐桌、漂亮的整体橱柜、镶木地板，墙上挂着两幅巨大的油画和其他风格的画。不同时期的家庭照：三个孩子从婴幼儿到大学毕业的照片。埃琳博格随意看了看，走进了客厅。

她原本打算独自拜访。她不想让男人觉得不自在。乔安娜的“小帮手”找到了这位唐杜里锅的购买者于去年夏天支付时的信用卡收据。他在收据单上清清楚楚地写下了自己的名字，而不像其他信用卡持有者那样写得非常潦草。他的签名整洁、规矩、铿锵有力。

为了找到他，埃琳博格先找了两位名字一样的人谈话，他们都很奇怪警察的问话。这一次她很幸运。男人问她是否要他去一趟警局，但她说可以在他家见面，她记得他松了一口气。她告诉他她是警察，正在寻找辛霍特街谋杀案的证人。“有人在案发现场附近看到了一个男人，他的腿有些问题，有东西支撑着——他似乎腿骨折了，或受过伤，或许腿有残疾。”她说。

“是吗？”

“他的一条腿安了支架。我们想找到他，而且我们觉得你就是这个人。”

他沉默了。然后他说他知道这个案子，并回想起那时他就在辛霍特街。“什么……我要怎么帮你？”他不知道如何跟警察对话。显然，他第一次遇到这种情况。

“我们正在找证人，但是证人很少。”埃琳博格解释道，“我只想和你谈谈，看你那时在辛霍特街有没有注意到什么反常的事。”

“你这么辛苦地找到我并前来拜访，”男人礼貌地回答，“但是我不知道我能帮上你什么忙。”

“不，不，当然可以。到时候就知道了。”埃琳博格说。

现在，他们正坐在他家客厅里。他的妻子还没有下班。孩子们都离开家了，他主动告诉埃琳博格。

“这只是例行问讯。”埃琳博格说，“希望我没有打扰到你。”

“你说没有太多证人。”他说。康拉德今年六十多岁了，身高不高但很壮，一头厚厚的白发剪得很短，宽脸，嘴角有法令纹。他的肩膀结实有力，手掌很大。他走得很慢，因为一条腿上安了支架。埃琳博格回想起了佩特里娜的描述：老太太因为电磁波的嗡嗡声站在窗户边，支架上的金属棒可能类似于天线。康拉德当时穿着一条运动长裤，拉链从小腿到膝盖处拉开着，走路时拉链振动，并露出了支架。

“你到我单位找过我吗？”康拉德问。

“没，我只打电话到这儿。”埃琳博格说。

“好的。我最近感冒了。你一直在找我吗？”

“是的，实际上，我们都在找你。正如我所说的，案发时有人在辛霍特街的房子附近看见了一位戴支架的男人。我们原以为他是生理残疾，所以我们联系了整形外科医师，她提及可能是小儿麻痹症。我们看了一下隔离诊所的记录，才看到了你的名字。”埃琳博格不打算说是从唐杜里菜中得知的。

“是的，我在隔离诊所待过，没错。我在1955年患过小儿麻痹症，我也康复了。”他说完，拍了拍支架。“但我的腿却再也没能完全恢复，当然，这些你都知道。”

“你很不幸。疫苗第二年就有了。”

“是啊，这是事实。”

“所以，你在隔离诊所待过一段时间？”埃琳博格问。她觉得他有些焦虑。“这对一个小伙子来说没有太多乐趣可言。”

“嗯。”康拉德礼貌地回答道，“那是一段痛苦的经历。很痛苦。但那不是你来这儿的原因。”

“我确定你肯定听说了辛霍特街发生的事。”埃琳博格说，“我们正在尽可能多地收集证据。你当时在那里，对吗？”

“是的，我在。但是我没有到那个房子附近去，就是新闻里提到的那个房子。那晚早些时候，我把车停在那附近，而且我不想整夜把它停在那里。那是一个星期六晚上，我和我妻子出去。后来我回去取车。我们去了好几家酒吧。我知道你肯定会说喝了酒就不能开车，但是我真的不想把我的车留在那里。”

“从辛霍特到市中心就几步路，不是吗？”

“我想去看看车有没有被人砸。市中心的治安状况不太好，一切似乎都不安全。”

“嗯，是的，是有很多砸车事件发生。”埃琳博格说，“这么说，你们出去喝了点酒，是吗？”

“可以这么说。”

“然后你回去取车？”

“是的。”

“你的妻子不去吗？毕竟你还戴着支架呢。”

“她喝得比我多。”康拉德笑了笑，“我情愿自己去取。别以为我习惯这样做。距离不是很远。我们在靠近市中心的‘温泉之路’酒吧。”

“你走回来取车的？”

“是的，不是有人看见我一瘸一瘸地走吗？”康拉德笑着说。埃琳博格注意到他开怀大笑。她想知道他的笑是不是一种假象，似乎在隐藏什么。她要不要说出亚洲食物商店和唐杜里锅，还有案发现场找到的一条带有一股印度菜味的披肩？他会有何反应？她决定暂时不问。埃琳博格不想打草惊蛇。她不想误导他人。她相当确定康拉德说的大部分都是编好的假话，她想让他承认他所隐瞒的事。如果她随意问些无关的问题，她可能会让他露馅，说出一些重要的线索。她知道自己的审讯方式不应该仅仅只是用“是”或者“不是”来回答。如果她的直觉没错，那么康拉德肯定有很多真话没有说，两人之间的博弈还在继续，她会让他越来越难圆谎。

“这个世界真小！”埃琳博格避开他的问题说，“案件发生时你在附近，为什么不和我们联系呢？”

“我没想到这个。”康拉德说，“如果我觉得我可以帮上忙，那我肯定会联系你们。但是恐怕我什么忙也帮不上。”

“所以你是慢慢溜达到你车边的，对吗？”

“嗯，我想是吧。我不知道你的证人看见了什么。我很想知道。我试着尽可能快，因为我的妻子打电话催我了。”

“这么说，你当时是在和你妻子通话？”

“是的，我在和她通话。还有其他你想知道的吗？一些你想问我的细节问题。我不知道这件事和我有什么关系。”

“很抱歉！”埃琳博格说，“我们必须确认所有证人的可靠性。这只是例行公事。”

“明白！”康拉德说。

“请你再想一想当时的情况，对你来说无关紧要的事可能对我们来说至关重要。当时是什么时间？”

“我不知道准确时间。回到家时大概已经两点了。”

“你有没有注意到周围有可疑的人？”

“没，我没看到什么可疑的人。街边的灯光不好，而且我停车的地方离这些经常发生恐怖事件的地方不是很近。事实上，离得有点远。”

“我们在找一位与案件相关的年轻女人。”

“我在报纸上看到了。”

“那晚，你有没有看到周围有一个年轻女人？”

“没有。”

“或者一个女人和一个男人呢？”

“没有。”

“她可能是一个人。我们没有准确的死亡时间，谋杀可能发生在两点左右。”

“当我仓促走过去时，我所看到的就只是一条荒凉的街道。恐怕我没有看见什么可疑的人。要是我当时知道自己会成为案件的目击者的话，我肯定会观察得更仔细。”

“你究竟把车停在哪里？”

“不在那条街道上。我走近路，把车停在了邻街。所以我帮不了你。案发时我不在那条街上。”

“你听到什么声音了吗？任何不同寻常的声音？”

“没有，我不记得听到什么声音。”

“他们是你的孩子？”埃琳博格转身问。小桌上放着三张高中毕业照：一女两男，三人都微笑着。

“是的，他们是我的儿子和女儿。”康拉德说。他看起来又放松了很多。“女儿最小，总爱和哥哥们竞争。大儿子学医学，二儿子像我一样学经济学，女儿学工程学。”

“一位医生，一位经济学家，一位机械师？”

“嗯，他们都是好孩子。”

“我有四个孩子。”埃琳博格说，“有一个儿子就读商学院。”

“我的女儿就读冰岛大学。我的医生儿子即将完成他在圣弗朗西斯科大学的实习，明年回来。他主修心脏病学。”

“圣弗朗西斯科？”埃琳博格问。

“他在那里读了三年的书。很快乐。我们……”康拉德沉默了。

“怎么了？”

“没，没什么。”

埃琳博格笑了笑。“大家都说圣弗朗西斯科是个很棒的城市。我还没去过那里。”她说。

“是的。”康拉德说，“确实很棒！”

“你的女儿呢？”

“她怎么了？”

“她跟你去过那里吗？”

“嗯，去过。”康拉德说，“第二次去圣弗朗西斯科时，她和我们一块儿去的，她很喜欢那里，我们也很喜欢那里。”

*

埃琳博格一走出康拉德家，手机铃声就响了。是西于聚尔·奥利的电话。

“你是对的。”他说。

“这么说，卢诺弗去过她家？”埃琳博格问。

“根据相关记录，两个月前他去过她家，而且连续去了两天。”

# 20

埃琳博格并不着急，直到第二天才再次联系康拉德。他接电话说很欢迎她中午来——他会一直在家。他问为何还要再问讯，她简单回答说还需要问几个问题。他听上去很平静。埃琳博格觉得他好像知道会发生什么。

她没有告诉康拉德，她已经安排好不让他或他家任何一人出境。她不知道这是否必要，但是她不能再让案子搞砸。埃琳博格还得确保，如果爱德华想逃，他会立刻被逮捕。

晚上，她躺下，想起了和瓦尔托尔的对话。她一回到家就进屋坐下。泰迪已经睡了，西奥多拉和阿伦也睡了，只有瓦尔托尔像往常一样在玩电脑。电视机也开着。埃琳博格说想和他谈谈，但他没有反应。

“你还好吧，亲爱的？”她问。

“嗯！”他唐突地回答。

一天工作下来，埃琳博格身心疲惫。她知道瓦尔托尔本质上是个好孩子。多年来，母子俩关系很好，但是青春期的他到了一个叛逆的时期，他希望独立，也很反感她的关心，并把她当作了主要的敌视对象。

没有等到任何回应后，埃琳博格关掉电视。瓦尔托尔也停下了手中的活儿。

“我想和你谈一分钟。你怎么一边上网一边看电视？”

“很容易啊！”瓦尔托尔回答，“搜捕怎么样了？”

“还行。听着，我不想让你在博客里写到我。我不想让你写我们的私事。这是家庭隐私。”

“那你就别看啊！”他哼声说道。

“无论我看不看，它都在网上。西奥多拉也不喜欢看到。你在博客里写的东西太多了，瓦尔托尔。你尽写些我们的事情。还有，你写的那些女孩都是谁？你觉得她们看到那些你写的关于她们的内容会觉得很有趣吗？”

“天啊！”瓦尔托尔说，“你不懂。每个人都这样写，也没什么问题。没有人会想那么多——这只是开玩笑，没人会当真。”

“你可以写些别的东西。”

瓦尔托尔突然转了话题：“我想搬出去住。”

“搬出去住？”

“我和基迪想在外合租。我已经告诉爸爸了。”

“哪来的钱？”

“我会找份兼职。”

“那你的学业怎么办？”

“我会看情况。我找工作不会太难。而且伯金也搬出去了。他还是去的瑞典。”

“你不是伯金。”

“是。”

埃琳博格不喜欢他轻视的语气。“你什么意思？”

“算了。反正你也不想听。”

“我不想听什么？”

“没什么。”

“我告诉伯金，如果他想去见他的亲生父亲的话，我支持他。不过他要去和瑞典的父亲生活，这点倒是很令人震惊。我原以为我们是他的家人，但很明显不是。伯金最后选择了自己的路。”

“是你逼他离开的。”

“这不是真的，瓦尔托尔。”

“他就是这么说的。他不再和我联系了。我们没有他的消息。他再也不和你说话了。你觉得这样很好，是吗？”

“伯金处在叛逆期，就像你现在这样。你真的认为这是我的错吗？他现在长大了，我希望他不再这样想。”

“他告诉我，他从来都没觉得是这个家的一分子。”

埃琳博格惊呆了。“什么？”

“伯金觉得不一样。”

“什么不一样？”

“你对他不像对我们几个一样。他总觉得自己不一样。好像他只是个客人。”

“伯金是这么说的吗？他从没这样对我说过。”

“你觉得他会跟你说这些吗？他离开时告诉我的，还要我守口如瓶。”

“简直是胡说。他没有权利那样说。”

“他可以说出他的想法。”

“听着，瓦尔托尔，你肯定知道伯金是我们家的一分子。我知道，他失去母亲很难过。过来和他的舅舅，还有我，一个他不认识的人一块儿生活，很不容易。之后你们几个出生了。我理解他的处境，而且我总是尽力让他感到开心。我们从来没有把他和你们三个区别对待。他也是我的孩子。你不知道他说那些话有多伤我的心。”

“我希望他别走！”瓦尔托尔说。

“我也希望！”埃琳博格说。

埃琳博格躺在床上，很清醒。她看看闹钟：02：47。

她又开始数数：9999，9998……

她得睡了。

*

康拉德和昨天一样，带她到客厅坐下。他一拐一拐地走在她的前面，看起来很镇定。埃琳博格一个人来的，她不想节外生枝。在卢诺弗床上和披肩上找到的头发的 DNA 检测结果出来了，所以她耽误了一会儿才到。

“我原以为昨天已经把一切都告诉你了。”他们一坐下，康拉德就开口说。

“我们得一直收集新信息。”埃琳博格说，“就从这个男的开始说起吧！”

“喝咖啡吗？”

“不喝，谢谢！”

“你确定？”

“是的。我要告诉你的是那个在辛霍特街被杀的男人。”她说。康拉德点点头。他把坏了的腿放在凳子上听她说。她告诉他已知的事实。卢诺弗三十年前出生在一个海滨小村庄。他的母亲现在还在那里住着，他的父亲在几年前死于一场车祸。乡村正在衰败：年轻一代都搬走了，卢诺弗也离开了小村庄。他和他的母亲关系不好，他的母亲对他很严苛，所以他很少回去看望她。他在雷克雅未克上了一所技术学校，然后在这里工作。他没结过婚，也没孩子，和女人都是一夜情。他住在一个出租公寓里，还经常搬家。他在工作中接触了很多人，经常要去客户家里或者工作单位，大家认为他工作努力，而且人很可靠。他很喜欢连环漫画册和超人类型的电影。目前知道的就是这些。

康拉德静静地听着。她不知道他是否已经掌握了刚刚告诉他的这些信息。他可能会问“这与我有什么关系？”但是他什么也没有说。埃琳博格继续陈述时，他就只是皱着眉头坐着。

“我们认为——而且我们有证据证明——卢诺弗在工作中认识了一些女人，然后偶尔会在市里的酒吧巧遇她们。这些女人可能都有一些相似的特征：年轻、单身、深褐色头发。或许他是偶然遇见她们，但是我们发现他会问那些女人常去的场所，如酒吧。”

“卢诺弗有一种迷奸药，氟硝安定，他被谋杀时身上有药，他的喉咙是被剃须刀割开的。药是在他口袋里发现的。我们能推测出他是怎么得到这种迷奸药的。卢诺弗被害时很有可能和一位有着深褐色头发的女人在一起。她把自己的披肩落在他家里了。”

警方一直在等DNA鉴定结果，结果显示，披肩上的头发和床上的头发来自同一个人。

“我把披肩带来了。”埃琳博格继续说。她打开取证袋，拿出披肩，打开它。“披肩很漂亮。它被发现时有一股味儿，现在已经没有了。是一股印度唐杜里菜的味儿。”

康拉德一言不发。

“我们确定卢诺弗被杀时和一位女性在一起。我们认为他是通过制造在酒吧偶遇的假象这一惯常手法认识她的。我们认为他之前已经去过她家安装电话、电视设备、光纤或者宽带，反正就是电信工程师干的事。不久，他可能会返回她家，理由是他忘拿了一些小物件，比如，螺丝刀或者手电筒。他很有礼貌，为人随和。再加上他们的年龄大概相仿，要聊天很容易。他们会聊很多，而且他会引入一些聊天话题来获取她的信息。她会告诉他她常去的酒吧是哪个，他也会得知她是单身，独自居住，还是一名大学生。这些背景知识让他更容易在后来的公共场合亲近她。那时她也几乎觉得他们彼此认识。”

“我不知道你为什么告诉我这些。”康拉德说，“我觉得这与我无关。”

“不！”埃琳博格说，“我知道，但是我还是想听听你的想法。我们有些小线索想告诉你。卢诺弗说服女人和他回家。他口袋里放着药，他在酒吧的时候就可能在她的酒里下药了。或者等他们回到公寓后他才给她下药。”埃琳博格看了看康拉德女儿的毕业照，昨天她已经看过了。“我们不知道在那里发生了什么。”她说，“我们知道的是卢诺弗被人杀了，和他在一起的年轻女人离开了案发现场。”

“我知道。”康拉德说。

“你知道什么情况吗？”

“我已经告诉你了，我路过时什么也没看到。很抱歉。”

“你女儿多大了？”

“28 岁。”

“她一个人住吗？”

“她在大学附近租房住。你为什么这样问？”

“她喜欢印度菜吗？”

“她喜欢各种菜。”康拉德说。

“你认识这条披肩吗？”埃琳博格问，“如果你想的话，你可以拿去看看。”

“没有必要！”康拉德说，“我不认识，之前也从没见过。”

“它闻起来有股唐杜里菜的味儿。我知道这种味儿，因为我自己很喜欢亚洲菜。我有一口特别好的唐杜里锅，我常常用它煮菜。它是做唐杜里菜最关键的东西。你女儿有唐杜里锅吗？”

“我真的不知道。”

“我们了解到去年秋天你买了一口唐杜里锅——如果你想的话，我可以给你看你的收据复印件。这锅是你自己用吗？”

“你一直在调查我？”康拉德问。

“我需要知道卢诺弗被杀时到底发生了什么。”埃琳博格说，“你能否告诉我，你就是我要找的人吗？”

康拉德看了看女儿的照片。

“公众还不知道，卢诺弗被杀时正穿着一件 T 恤。”埃琳博格说，“它是一件女人的衣服，我认为它是你女儿的。你说你们第二次去圣弗朗西斯科时带她一块儿去了。我认为她是在那里买的这件T恤，上面写有英文的‘圣弗朗西斯科’。”

康拉德仍目不转睛地盯着照片看。

“有人看到你在案发现场附近，”埃琳博格说，“你跑得很快，而且还在打电话。我想你正赶去帮她。她在电话里告诉你她的位置。你到那里看到了女儿的遭遇，你失去了理智，拿出刀……”

康拉德摇摇头。

“……你随身带着刀，然后走向卢诺弗。”

康拉德镇定地看着埃琳博格。

“大约两个月前，卢诺弗去了你女儿家两次吗？”她问。

他没有回答。

“我们有卢诺弗的外出维修记录，上面列着所有他去过的家庭和单位记录。记录显示他一周内去了一个名叫妮娜·康拉德斯多蒂尔的女孩家两次。我想她是您的女儿，对吧？”

“我不知道谁去过我女儿家。”

埃琳博格发现这个男人的自信越来越少。“她说起过他的名字吗？”

康拉德把视线从毕业照转向埃琳博格。

“你想说什么？”

“我觉得是你杀了卢诺弗。”她镇定地说。

康拉德盯着埃琳博格，好像在想他应该说些什么，他能说什么才能让这位侦探信服并离开，那这个问题将永远了结，再也不会有人来问他一些难堪的问题。但是他不知道说些什么。他不能说。时间一秒秒过去了。他绝望了，迟疑不决地说：

“我……我不能再这样了。”

“我知道这很难——”

“你不懂！”他打断道，“你不可能明白当时有多糟糕。那对我们来说就是一场噩梦，令人难以置信！”

“我不是故意的……”

“你不知道当时的情况。你不知道发生了什么。你无法想象。”

“告诉我！”

“他强奸了她。这就是所发生的事。他强暴了她！他强奸了我的女儿。”康拉德颤抖着深吸了一口气。他避开埃琳博格的目光。他拿着照片，放在手里，看着女儿的脸、她深褐色的头发、她美丽的棕色眼睛，还有她脸上如阳光一般灿烂的笑容。

然后他痛苦地呻吟道：“我真希望是我杀了他。”

# 21

康拉德永远也不会忘记那个夜晚女儿打来的电话。他的手机屏幕上显示她的名字：妮娜，后面有三颗心。他的手机放在床头柜上，一听到铃声，他就接起了电话。

他看了看时间，大吃了一惊。

然后他听出了她声音里的痛苦，这让他害怕。

“噢，上帝啊！”他哀怨道。他仍抓着女儿的照片。“我……我一辈子都没有听说过这样的事。”

康拉德和妻子之前从没特别担心过他们的女儿。她更年轻时，他们知道她会和朋友们去市里玩，他们总会有点担心。她第一次离开家在外租房时，他们也有些担心。新闻里常常报道发生在市中心的打架斗殴事件、与吸毒有关的暴力事件，还有强奸事件，他们看到后都强烈要求她随身带着手机。如果发生了什么事，她就能立刻给家里打电话。当儿子们在晚上外出时，他们也会担心儿子们。

之前没有发生过什么严重的事情，最多就是一次出国旅游时钱包被偷了，还有几年前小儿子发生了一场小的交通事故。一家人过着平静的生活，这正是他们想过的日子。他们注重生活水准，关心他人，尊重他人。夫妻俩关系很好，有很多朋友，偶尔在冰岛或国外旅行。

他们的生活很惬意，很知足，也为孩子们感到骄傲。两个儿子现在都已经安定下来了：大儿子在圣弗朗西斯科定居，还和一位美国女孩结了婚，儿媳妇是一位给研究生做培训的医生，两人育有一女，小女孩的名字用的是冰岛的外婆的名字；二儿子和一位在银行工作的女人同居了两年；妮娜不着急定下来。她之前和一位年轻的电脑专家同居了一年，后来分手了。

“她有自己的存款，能独立生活。”康拉德拿起桌上的照片对埃琳博格说，“她从没惹过什么麻烦。虽然她朋友很多，但是她自己独处也很开心。她就是这样。她连伤害一只苍蝇都不忍心。”

“他们不关心那些。”埃琳博格说。

“不，那是肯定的。”康拉德说。

“她打电话时说了什么？”

“我当时不明白她在说什么。抑制着的痛苦的号叫——恐惧、哭泣、害怕都有。她一个字也没说。我知道是妮娜的电话，因为我看了来电显示，刚开始我还以为她的手机被偷了，这电话是某个小偷打来的。我甚至都没有听出她的声音。然后我听到她叫爸爸，那时我知道有什么可怕的事情发生了。她肯定经历了某种不可言说的恐怖的事。”

*

“爸爸！”她抽泣地说。

“现在，现在……你先试着镇定下来，宝贝。”康拉德在电话那头说。

“爸爸！”女儿哭道，“你能来一下吗？请……请……请来一下。”

她的嗓音沙哑。康拉德听到女儿在电话那头痛哭。他下了床，穿过走廊，来到客厅。他的妻子焦急地跟在后面。

“发生了什么事？”她问。

“是妮娜。”他说。“你还在吗，宝贝？”他问，“妮娜？告诉我你在哪里？能告诉我吗？告诉我你在哪里，我过去接你。”他只听到了哭声。“妮娜！告诉我你在哪里。”

“我在……在他……住的地方。”

“谁住的地方？”

“爸爸，你过来。千万别叫警察！”

“你在哪里？你被打了？受伤了吗？”

“我不知道我干了什么。太可怕了。这……太可怕了。爸爸！”

“妮娜，怎么了？发生什么事了？你被车撞了？”

女儿又开始呜咽。康拉德除了哭声什么也听不到。

“告诉我，宝贝！能告诉我你在哪儿吗？能说话吗？只要说你在哪儿，我马上过去接你。我马上过去。”

“这里到处都是血，他躺在……躺在地上。我很害怕，我怕……”

“哪栋房子，宝贝？”

“我们走路。我们走路过来的。爸爸，你来不了这里。我不知道我都干了什么。你只能一个人来。就你一个人！你过来帮我。”

“我来帮你。你知道那条街道的名字吗？”

康拉德迅速穿好运动长裤，并把一件夹克套在上身的睡衣上。

“我跟你一块儿去。”妻子说。

他摇摇头。“她要我一个人去。你在家待着。还在吗，宝贝？”他问。

“我……我不知道街道的名字。”

“那个男人叫什么名字？或许我能在电话簿里找到他家地址。”

“他叫卢诺弗。”

“你知道他姓什么吗？”

电话那头没声音。

“妮娜？”

“我觉得……”

“嗯？”

“爸爸，你还在吗？”

“在，宝贝。”

“我觉得……我觉得他已经死了。”

“好了。别担心！没事的。我过去接你，一切都会好的。但是你要告诉我你在哪里。你走的是哪条路？”

“到处都是血！”

“冷静！”

“我什么也不记得了。不记得了。”

“好了。”

“我晚上来的市里。”

“嗯。”

“我碰见了这个人。”

“嗯。”

康拉德听到女儿没有那么歇斯底里了。

“我们路过高中。然后美国大使馆，就在那附近。”她说，“你要一个人来。还要确保没有人看到你。”

“好的。”

“我很害怕，爸爸。我不知道发生了什么。我只知道我肯定……肯定攻击了他。”

“然后你走去了哪里，宝贝？”

“我什么也不记得了，但是我没有喝醉。我没喝什么。我全都不记得了。我不知道我是怎么了……”

“你能看到周围有什么账单吗？或许上面有他的名字，也可能写了地址。”

“我不……不知道这里发生了什么。”

“到处看看，宝贝。”

康拉德打开车库门，坐上车，发动引擎。他掉转车头，开往市里方向。他的妻子不愿留在家里，在副驾驶座位上焦急地听着父女俩的对话。

“有一张单子，收件人是卢诺弗。这儿有地址。”妮娜把地址读了出来。

“这才是我勇敢的女儿！”康拉德说，“我在路上。最多五分钟后到。”

“你必须一个人来。”

“你妈妈也来了。”

“不，天啊，别让她来！她不能来！你和妈妈不能在这里被人看见。我不想被任何人看到。我只想回家。求求你了，别带妈妈来……”妮娜失控地哭着说，“我不能让她看到我这个样子！”

“好吧！”她父亲说，“我一个人来。我不把车停在那栋房子外面。可以吧？别担心！你妈妈在车里等。”

“快来，爸爸！快来！”

康拉德驶离环形路，上了恩雅达加塔路，然后左转。他把车停得有点远，妻子在车里等，下车朝那栋房子跑去，妮娜正在等他。他一边匆忙地走着一边打着电话，尽可能让她冷静下来。街道空荡荡的，他觉得没人会注意到他。一到前门，他就看到门上的名字不是卢诺弗，所以他转身，顺着小路，来到屋后的花园。在邮箱上他看到了卢诺弗的名字。

“我到了，宝贝！”康拉德在电话里说。门微微敞开着。他推开门走了进去。他看见一个男人倒在地上的血泊中。妮娜裹着床罩，蜷缩在墙边，膝盖贴着胸蜷缩着。她发着抖，手机紧紧握在手里，贴在耳边。康拉德把自己的手机关掉，走向她，帮她慢慢站起来。她颤抖着倒向他的怀里。

“你干了什么，我的孩子？”他小声问道。

*

康拉德做完陈述后便陷入了长时间的沉思，看着腿上的支架。然后他转向了埃琳博格。

“你为什么不报警？”她问。

“我本该立刻报警，我知道要这样做。”他说，“但我只是收拾好她的衣服然后就立刻离开了。我们没有按原路返回。我们从花园出来，从邻街绕到停车处，然后开车回家了。我知道我做错了。我只是想保护我的女儿——保护我们和我们的生活——但是我没想到事情会变糟。”

“我想和她谈谈。”埃琳博格说。

“当然可以！”康拉德说，“我跟她还有我妻子说了你昨天来过了。我想我们都释然了。”

“前段时间，你肯定很煎熬。”埃琳博格站起来说。

“我们还不想告诉她的哥哥们这件事，就让事情在我们这里结束吧。我怎么告诉他们，他们的妹妹割开了一个强奸她的男人的喉咙。”

“我明白。”

“可怜的孩子。她都经历了什么！”

“我们应该现在就去她那儿。”

“我们只希望她能被公平地对待。”康拉德说，“那个男人侮辱了她，她实施了报复行为。我相信你应该了解整个过程。这是自我防卫。她得保护自己。就这么简单。”

# 22

妮娜住在市西边一栋小小的出租公寓里。康拉德打电话说了他和警察正在来的路上。他告诉正在女儿那里的妻子，让她告诉妮娜不用躲藏了。他开车到大学区，埃琳博格紧随其后，停在一栋小公寓楼门口。他们走进一楼。康拉德按响门铃，一位和他年龄相仿的女人开了门。她看着埃琳博格，面露悲痛。

“你是一个人来的吗？”她问，“我没有看到其他警车。”

“是的。”埃琳博格说，“我没有必要通知他们来。”

“哦！”女人回答，和埃琳博格握了握手。“请进！”

“妮娜在吗？”埃琳博格问。

“在，她在等你。我们很高兴这种荒谬的装模作样要结束了。”

两个女人走进客厅，康拉德跟在后面。妮娜胳膊抱在胸前，站了起来，眼里满是泪水。

“你好，妮娜！”埃琳博格说着，伸出手，“我是警局的埃琳博格。”

妮娜握了握手。她握手的力气很小，感觉身体很虚弱，也不试着笑一笑。

“嗯，”她说，“我爸爸告诉你发生了什么事吗？怎么样？”

“是的，他告诉了我他知道的。现在我要和你谈谈。”

“我不知道该说什么。”妮娜说，“我什么也不记得了。”

“嗯，没关系，我们有充足的时间。”

“我觉得他给我下药了。你们在那儿发现药了，不是吗？”

“是的。你的父母可以陪你来一趟警局，但是之后我们俩必须要谈一谈，就你和我两个人。明白吗？你同意吗？”

妮娜点点头。

埃琳博格瞥了一眼厨房。这个公寓里的气味和她家很像：一种来自遥远地方的香草和调料的气味，这是她十分熟悉的异国香料味。水槽里有一口唐杜里锅。“我也喜欢印度菜。”她笑了笑说。

“你也喜欢吗？”妮娜说，“那晚之前，我举行了一个晚宴……”

“我有你的披肩。”埃琳博格说，“那条你披的披肩。我从披肩上的味道辨别出你肯定做了印度菜。”

“我们是不小心落在那里的。”妮娜解释道，“爸爸捡起了他能看到的所有我的东西，但是忘了我的披肩。”

“还有T恤。”

“是的，还有T恤。”

“在媒体公布事情之前，我们会跟儿子们说的。”康拉德说。

“如果你想的话，在警局给他们打电话也行。”埃琳博格告诉他。

妮娜和父母跟着埃琳博格来到警局。他们到达警局后，妮娜被带到一间审讯室，她的父母在埃琳博格的办公室等她。

消息传得真快，警方找到了辛霍特街谋杀案的一名嫌疑犯，媒体和记者一直打电话来询问细节。此案要求在地区法庭公开审理。康拉德请了一位律师。他提前看了案子，知道需要哪些证人。他聘请的律师是一位非常有名的辩护律师，他把其他的案件暂时搁置一边，在案件审理当天作为辩护律师出席。妮娜的二哥在埃琳博格的办公室见到父母，他被母亲在电话里告诉他的事情惊呆了。怀疑和震惊瞬间转为生气，他先是生气父母对他隐瞒，然后生气卢诺弗那个禽兽。

埃琳博格看到妮娜弓着背坐在审讯室时心里很难过。她看上去不像冷血的凶手，反而像经历了一番苦难又有另一番苦难的受害者。

她渴望诉说，反正她和卢诺弗偶然遇到的事已经公布于众了，而且她就是案发时和他在一起的那个女人。她很高兴终于可以吐露真相了，内心也不用再受煎熬，她那段煎熬的过程结束了。

“你是在案发前认识卢诺弗的吗？”一切准备就绪问讯开始时，埃琳博格问。

“不是的。”妮娜说。

“但是他两个月前去过你家，是吗？”

“是的，但是我不认识他。”

“你能告诉我发生了什么吗？”

“什么也没发生。”

“你叫了一名维修人员，是吗？”

妮娜点点头。

*

妮娜想把电视移到卧室里，所以她需要打通墙来把天线拉进卧室里。她还想让电话公司来处理她的无线网络问题。她想在公寓的任何地方都能用笔记本上网。她的电话被转到客户服务部，那天晚些时候，一名维修人员来了。那天是周一。

这名维修人员很友好，也很有魅力，大概比妮娜大两三岁。他直接去做事，她也没有太注意他在干什么。她听到卧室传来电钻的嘈杂声，他拉出一块壁脚板。她记得他没有在卧室里花太多时间。直到那件事后她才想起这事。

他帮她连上网，然后开了一张发票，她刷卡支付。他和她说这说那——仅仅是陌生人之间的聊天——之后就离开了。

第二天，这名维修人员又出现在了她面前，问她是否看见了他凿墙洞用的钻子。她说没有看见。

“你介意我进去看看吗？”他说，“我正好回家路过这里。我想我把它落在这里了。我到处都找不着它。真麻烦，因为我一直都要用它呢。”

妮娜陪他进入卧室，帮助他一起找。电线通过衣柜，她打开了衣柜。他又检查了一下窗沿，看了看床下，然后放弃寻找，准备离开。

“很抱歉给你添麻烦了。”他说，“我总是忘了东西放哪儿。”

“如果看到了我联系你。”她说。

“行！”他说，“我周末有点忙，周六晚上会去卡菲·维克托。”

“我知道那地方。”她笑着说。

“你去过那儿吗？”

“没有，我们常去克莱恩。”

“我们？”

“我和我的朋友们。”

“如果你找到我的钻子，请告诉我，好吗？”这名维修人员离开时说，“或许将来我们还会再见面。”

*

妮娜的厨艺很棒，而且她喜欢邀请她的女性朋友们来家里玩，并尝试她的新菜。她在雷克雅未克的一家印度餐馆工作后对印度菜很感兴趣，在那里她和厨师关系很好，学会了如何收集香草和香料来煮牛肉和鸡肉。她和埃琳博格一样，尝试在印度菜里用冰岛产的羔羊肉替代其他肉类。遇到卢诺弗那晚，她用父亲送给她的生日礼物——唐杜里锅——给朋友做了羊肉。她们都离开公寓去市里玩时已经近乎半夜 12 点了。不久之后大家都散了，妮娜正想要回家，就在那时，她碰见了卢诺弗。

她没有喝多少酒，一直奇怪自己为什么什么也不记得了，直到她在新闻里看到在卢诺弗的公寓里发现了氟硝安定。她和朋友们在餐前喝了点马提尼酒，吃印度羊肉菜时喝了点红酒，然后是些啤酒，因为吃辣菜让她感到口渴。

她无法说出太多关于那天在酒吧遇见卢诺弗之后发生的事。她记得他走过来和她说话，还提到了圣弗朗西斯科。她告诉他，她去那里看望过她的哥哥。她喝完一杯后，卢诺弗给了她另一杯酒——作为那次高额维修费的补偿，他说。她接受了，当他要一杯酒的时候，她看了看自己的手表。她没打算待太久。

她回想他们走到辛霍特街公寓，都是些零零碎碎的记忆片段。她好像烂醉如泥：她的肢体很不协调而且很无力。

*

妮娜逐渐恢复了意识。那已经是半夜了。她看到墙上有一幅准备猛扑过来的蜘蛛侠海报。

起初有点困惑，她还以为是在自己家。然后她觉得不对劲，想着她肯定在酒吧睡着了。

但是这说不通。渐渐地，她意识到自己躺在一张陌生的床上，在一间自己以前没有来过的房子里。她感觉很虚弱，头很晕，很疲惫。她不知道自己怎么会来这里。她躺了一会儿以后才发觉自己一丝不挂。她朝下看了看自己的身体，觉得很荒唐。她甚至没有想到把自己盖住。蜘蛛侠正看着她。她想象着他可能从海报里出来帮她。她笑了笑这个愚蠢的想法。她，还有蜘蛛侠！

妮娜再次醒来时觉得很冷。她猛然醒来，全身发抖。她在一张陌生的床上，赤身裸体。

“哦，天啊！”她说着，抓起地上的床罩裹住自己。房间很陌生。她说了句“有人吗？”但是没有人回答。她一步一步从卧室挪向客厅，摸着打开了灯的开关。一个男人正面朝上倒在地板上，她觉得她之前好像在哪里见过他。但是她不记得在哪里。

然后她看到了血。

接下来，她看到了他喉咙上很深的伤口。

妮娜呕吐了。她看到这个男人死白的脸和血淋淋的口子。他的眼睛半睁着，她觉得他正看着她，像在指责她什么似的。

*

“我找到自己的手机，然后打到家里。”妮娜说。录音机在审讯室里嗡嗡地响着。埃琳博格看着她。她的陈述，尽管拼拼凑凑地快说完了，但是可信的。她并没有防卫——她只是在一个陌生地方醒来，并发现了卢诺弗的尸体。

“你为什么不报警？”埃琳博格问。

“这太意外了。”妮娜说，“我根本不知道该怎么做。我没有多想。我觉得太可怕了！我不知道是不是因为药效没了，或其他什么。我确定……我确定我服了药。绝对！我被吓到了。我只想回家，然后试着隐瞒发生的事，隐藏恐惧。我不想让任何人知道我在那里。这就是我做的。我……我不敢面对。爸爸站在我这一边。我要他帮我隐瞒。你们应该明白——他只想帮我。他不是一个不诚实的人。他做这些都是为了我。”

“你确定卢诺弗给你下药了？”

“是的。”

“你看见他这样做了吗？”

“没有，如果我看见了，我肯定不会喝，对吧？”

“我不知道。”

“我不沾毒品。我不吸任何东西。我也没喝太多酒。这是不一样的。”

“如果你那晚报警，我们或许可以证明你被下药了。现在我们无法相信你说的。你明白吗？”

“是的，我明白。”妮娜说。

“你在公寓里看到其他人了吗？”

“没有。”

“你在市里有没有注意到某个人，他可能和卢诺弗是一起的？”

“没有。”

“这么肯定？真没其他人了吗？”

“我不记得有其他人。”妮娜说。

“卢诺弗在酒吧也没有同伴吗？”

“没有，比如谁呢？”

“现在不说这个了。”埃琳博格说，“你知道你用那把刀干了什么吗？”

“不记得了。我不记得那把刀的事。我反复想了想，我不记得袭击过他。”

“他厨房里有一套刀具。你能想起来什么吗？”

“不，什么也想不起来。我醒来时发现自己在一个陌生的公寓，看见一个陌生的男人躺在地上，他的喉咙被割断了。我觉得可能是我干的。我没想过其他人可能这么干，我知道情况对我很不利，但是那晚发生的事情我什么都不记得了。”

“你和卢诺弗发生关系了吗？”

“没有。”

“你确定？这件事情我们也已经没法证实了。”

“我很确定。”妮娜说，“这样提问好荒谬。这个问题太荒谬了。”

“为什么？”

“我们没有发生关系。是他强奸了我。”

“所以他插入了？”

“是的，但不是性交。”

“你记得？”

“不记得。但是我知道。我不想让他进入。我知道他强奸了我。”

“这和我们的证据吻合。我们知道他死前有短暂的性交行为。”

“不要说性交。那不是性，是强奸。”

“然后呢？”

“我不知道了。”

埃琳博格停了下来。她不确定这个年轻女孩在第一轮问讯中承受了多大的压力。但是她脑海里有好多个问题迫切需要解答。如果妮娜知道自己被强奸，那很糟糕。埃琳博格决定改变问讯方式。

“你是在替某人作掩护吗？”她问。

“掩护？”

“或许你给你父亲打电话比你陈述的要早得多？你什么时候意识到自己陷入了困境？”

“没有。”

“或许你告诉了他你在哪儿，并说你正处于危险之中？他过来救你了吗？”

“没有，绝对没有。”

“你说你不记得了，但是你又记得这个？”

“我……”

“这听起来不就像是你父亲杀了他？”

“我爸爸？”

“是的。”

“你把我弄糊涂了。”

“我们会搞清楚的。”埃琳博格心软了，“现在先休息一会儿吧！”她走出走廊，走进办公室。妮娜的父母正焦急地走来走去。

“她还好吗？”康拉德问。

“你是不是忘了什么事？”埃琳博格跳过他的问题。

“什么事？”

“整个案件你的部分。”

“我的部分？”

“为什么我要相信你说的？你和你女儿的证词太一致了。我为什么要相信你俩说的？”

“为什么不相信呢？我的部分？你什么意思？”

“为什么不是你割开了卢诺弗的喉咙呢？”

“你疯了吗？”

“我们无法排除你杀他的可能。你的女儿打电话给你，你赶到她那里，割开了卢诺弗的喉咙，然后两人逃跑了。”

“你不能说是我干的！”

“你否认吗？”

“我当然否认！你疯了吗？”

“你到达案发地时你女儿身上有血吗？”

“不知道，我没有看到。”

“不可能没有，想想谋杀的状况吧！”

“或许吧。我不知道。”

“她身上没有血，”妮娜的母亲说，“我记得。”

“你丈夫呢？”埃琳博格反问道，“他身上有血吗？”

“没有。”

“我们会找到他当晚穿的衣服的。或者你们已经烧掉了？”

“烧掉衣服？”康拉德说。

“妮娜的处境比你们有利。”埃琳博格继续说，“她可以是正当防卫，但你就是谋杀。毕竟，你和你的女儿有充足的时间来编整个故事。”

康拉德盯着埃琳博格，似乎没法相信她所说的。“我无法相信你竟然提出了这样的指控！”

“从你们的把戏中我明白了一件事。”埃琳博格说，“那都是谎言。”

“你认为我会杀了人，然后把罪推给我女儿吗？”

“我见过比这更坏的。”

# 23

埃琳博格坐在车里，车停在爱德华家附近，她吃着三明治，喝着已经变冷的咖啡。她听着收音机里的晚间新闻，报道称一对被指控是卢诺弗案嫌疑犯的父女被逮捕，案件仍在审理中。

新闻记者们自由地猜测发生在卢诺弗公寓里的事，那对父女是怎么杀死卢诺弗的，特别是真相是如何被揭露的。有些推测准确，有些是胡说。

一个报道说正在审理的这个女儿被卢诺弗强奸了，然后实施了报复。警方被告知不能透露逮捕一事相关信息，拒绝回答这些疑问，所以这些新闻媒体就试着自己解读。埃琳博格不想被抓去答疑，所以她离开了警局。

三明治很难吃，咖啡也不好喝，她在车里越来越觉得不舒服。不久之后她敲响了爱德华家的门，问了他一些关于莉娅的事，这位阿克拉内斯女孩在六年前失踪了。车里很冷，但是她不想一直开着引擎，引起不必要的注意。没有必要的话，她也不想污染环境。如果车停放着，她一般不开引擎——这是她作为一名司机所奉行的一条“铁律”。

虽然埃琳博格平常不爱吃快餐，但是她很饿，就在去爱德华家路上的一家快餐店前停了下来。她想看看有没有一些健康食物可以吃，但是能选择的很少，最后她决定吃金枪鱼三明治。咖啡在电炉上煮了好几个小时了，好难喝。

她想到了瓦尔托尔，他坚持认为她对待孩子偏心，伯金感觉被排斥了。伯金去瑞典之前告诉她，他和她还有泰迪相处得很快乐，但是他更想去找他自己的父亲。她问他这是否是他离开的唯一理由，他说是。她相信了他的话，毫无怀疑。伯金很沉默，很谦虚，像一个害羞的男孩。自从来到他们家后，他就是这样。瓦尔托尔需要更多的关注，阿伦也是，还有她的掌上明珠西奥多拉。伯金真的是离家出走？他看起来不像怨恨泰迪。可能男人不一样：只要一谈到汽车和足球，他们肯定亲密无比。

埃琳博格走下车，深深地叹了口气。她没有答案。

爱德华看到埃琳博格出现在门前很诧异。

“这次你又忘了什么？”他开门时这样问。

“很抱歉给你带来不便！”她说，“我能进来吗？是与卢诺弗有关的一些事。你可能已经听说我们抓了两名嫌疑犯。”

“我在新闻上看到了。”爱德华说，“所以，可以结案了吗？”

“是的，希望可以。但是还存在些疑问，我觉得你或许能帮上忙，因为你比其他任何人都熟悉卢诺弗。我可以坐下来和你谈谈吗？”她坚持说。

爱德华的脸沉了下来，但还是同意了。埃琳博格跟着他走进客厅。他拾起椅子上的一堆论文，把它们放在一堆旧影碟上。“如果你不嫌弃的话，就坐在这把椅子上吧。我知道我无法拒绝你，但我不知道我还能帮上你什么忙。我什么也不知道。”

“谢谢！”埃琳博格说着，抓起椅子坐下，“你知道我们已经抓到那晚和他在一起的女人了吗？”

“知道，新闻上也说了。他们说是他强奸了她。是吗？”

“你知道卢诺弗的手段吗？”埃琳博格没有回答而是直接问。

“所以我一直在说——我什么也不知道。”爱德华说，他明显有些愤怒了，“我不知道你为什么老是缠着我。”

“他自己的方法，我是想问你是否知道他对女人的那一套——给她们下药，然后强奸她们。”

“我不知道他在自己家里做的那些事。”

“你之前说他睡眠不好，所以他需要氟硝安定。他不想问医生要这种药因为这种药比较特殊。然后你帮他买了药。坦率地说，对于你和卢诺弗的关系，你没有跟我们说实话。你明白我的意思吗？”

“我不知道他是个强奸犯。”爱德华说。

“所以你只是相信了他的话，是吗？”

“我不知道他在撒谎。”

“你知道他强奸过其他女性吗？”

“我？跟你说吧，我什么也不知道。”

“他有没有提过其他受害者？那些他认识并来过他家的女人。”

“没有。”

“你帮他买过多少次氟硝安定？”

“就那一次。”

“你买来自己用过吗？”

爱德华瞪着她。“你什么意思？”他问。

“你俩都会对女人用那招？”

“你说什么？我不明白你在说什么。”

“你说案发当晚你一个人在家。”埃琳博格谨慎地握着手机说，“没有人能证明你不在场。你说你在看电视。你是在卢诺弗家吗？”

“我？不在。”

“是你割开了他的喉咙吗？”

爱德华怒气冲冲地站了起来。“你疯了吗？”

“怎么不是你？”埃琳博格说。

“我什么也没做。我就在这里，在家里，我是看新闻才知道的。你们已经抓住了凶手，为什么还来质问我？我什么也没干。我为什么要杀卢诺弗？”

“我还不知道。”埃琳博格说，“你告诉我吧。或许你们之间有什么秘密。或许他知道你哪些不可告人的事。”

“什么？比如呢？你想说什么？”

“镇定。我想问你一些事。”

爱德华犹豫了一会儿，然后慢慢回到座位上。

他瞪着埃琳博格。她已经成功地把他搞晕，动摇了他的信心。她不怕他。她见过很多恐吓她的人，但是爱德华不算。她决定独自面对他，和他一对一地交谈。虽然她不怕他，但是她还是做好了万全的准备。她不知道这个男人到底是谁，也不知道他失去理智后会做出什么事。巡逻车就在附近，万一发生什么事，她只需按一下自己手里正握着的手机上的一个键。她想激怒他，动摇他，看他的反应。

“你之前在阿克拉内斯教书。”埃琳博格说，“在一所综合大学。我得知你教科学，对吗？”

爱德华困惑地看着她说：“是的。”

“那是几年前了。然后你调走了，来到雷克雅未克这里教书。你在阿克拉内斯教书期间发生了一件无法解释的事：一个年轻女孩，这所大学的一名大学生，神秘失踪了——再也没有出现过。你记得这件事吗？”

“我记得。”爱德华说，“你现在为什么问我这个？”

“她叫莉娅。我知道你以前教过她。对吗？”

“我教过她一年。”爱德华说，“然后呢？她和我有什么关系？”

“你能说说这个莉娅吗？你记得她什么事？”

“什么也没有。”此刻，爱德华的语气中透着一丝不确定。“我根本就不认识她。我是教过她，但是我教过很多学生。我在那儿教了好几年。你问过其他老师吗？或者你为什么只问我？”

“我会问其他老师的，事实上我已经开始问了。”埃琳博格说，“我想重新调查这个案子，一看到这个案子我就想问你，因为你的名字浮现了出来。”

“我的名字？”

“警察当时审问过你。我看了记录。上面写着你每天早晚开车往返于雷克雅未克到和阿克拉内斯。周五你很早就回来了，我说的对吧？”

“是的，如果记录上是这样写的那就是吧。我不记得了。”

“莉娅是个怎样的女孩？”

“我说过了，我和她不熟。”

“你后来买了辆好车？”

“就是现在开的这辆。它就停在外面。”

“你曾让学生搭顺风车，载他们来雷克雅未克吗？如果他们有事要来市里，或许如果他们晚上要出去？”

“没有。”

“你从来没有搭过任何人？”

“没有。”

“从来没有？”

“没有。”

“如果我说我认识一位女孩，她说你曾经载她去雷克雅未克并把她放在商场门口。”

爱德华想了想。“你是说我在撒谎？”他问。

“我不知道。”埃琳博格说。

“如果我顺带载人，那也是极少的情况。或许是别人叫我载他。可能是哪个同事。我不记得有学生让我载过她。”

“我说的这个人没有让你载她。她在阿克拉内斯等公交车。你停下来载了她一程。现在想起来了吗？”

爱德华唰的一下脸红了，他的手不停地摆弄桌上的论文和录像带，此刻又停住不动了。他的前额全是冷汗。

房子里很暖和。埃琳博格把手机从一个手里传到另一个，再传过来。

“没有。有人向你撒谎了。”

“她那时在等公交。”

“我不记得那些事。”

“她说你很好。”埃琳博格说，“你载她到商场。她要去雷克雅未克。我认为她没有瞎编。”

“我不记得了。”

“她是大学生。”

爱德华没有应答。

“莉娅是周五失踪的，那天你很早下班回到雷克雅未克。你中午就已经上完课了。你没被问及时间——但你是直接回的雷克雅未克吗？那时是午餐时间吗？”

“你是说是我杀了那女孩和卢诺弗？你怎么了？”

“我没有那样说。”埃琳博格说，“请你回答我的问题。”

“我不知道为什么我应该回答这么荒谬的问题。”爱德华反驳道。他挺起胸，试图表示他没有被吓到。

“随你。我必须要问三个问题。你可以现在回答，或者待会儿回答。你周五回雷克雅未克时在阿克拉内斯见过莉娅吗？”

“没有。”

“你有载她到市里吗？”

“没有。”

“你知道莉娅周五的行踪吗？”

“不知道。请你现在离开。我不想和你多说。我不明白你为什么缠着我。我只认识卢诺弗，仅此而已。他是我的好朋友。但那能说明我就是你的这些案子的嫌疑犯吗？”

“你和毒贩子联系，然后买药给卢诺弗。”

“那怎么了？这样我就杀人了？”

“这是你说的，我可没说。”

“你为什么一直来找我？这不关我的事。”

“我没有说是你害了他们。”埃琳博格说，“是你一直在没完没了地这样说。我只是问你她失踪那天你是否载她去了雷克雅未克。没有其他的了。你有车。你每天开车上下班。你认识莉娅，也教过她。我的问题不合理吗？”

爱德华没有回答。

埃琳博格站起来，把手机放进口袋里。爱德华没有做出什么冲动的事。他看起来很吃惊，有些急躁不安，神经过敏。埃琳博格不能确定他是否在撒谎。

“莉娅那天可能去了雷克雅未克，然后在那儿失踪了。”她说，“这是一种可能。我原以为你知道她的行踪。我没有说是你让她失踪了。是你自己说那些的。”

“你一直在误导我。”

“你教过莉娅科学——你说她不是出类拔萃的学生。”

“是的。”

“她母亲说她科学特别好，数学是她最喜欢的学科。”

“这有关系吗？”

“如果她很优秀，你可能会注意到她。”

爱德华沉默了。

“但是她失踪后你一直保持沉默——或许你不想引起警察的注意。”

“让我一个人待会儿吧！”爱德华说。

“谢谢你的帮助！”埃琳博格说。

“别再来打扰我！”爱德华重复道，“别再来打扰我！”

# 24

第二天一大早，对康拉德和妮娜的正式审问开始了。

审问由埃琳博格负责。妮娜首先被带到审讯室，埃琳博格正在里面等着她。她父亲稍后审问。她问候埃琳博格时表现得很镇静。她之前到强奸创伤科验过伤并得到过心理辅导。

“能睡着了吗？”埃琳博格问。

“是的，能睡一会儿。这些天第一次能睡着。”妮娜说，陪在她身边的是一位中年律师。“你呢？睡得还好吗？”妮娜讽刺地问。“我父亲没有做错什么，你知道的。他只是来帮我。他是无辜的。”

“希望如此！”埃琳博格回答。她没有说她昨晚吃了安眠药，所以睡得很好。她很少这么做，除非实在没有其他办法，因为她不喜欢吃药。但是她已经连续几夜没睡了，她必须要休息一下。她知道以后不能再这样了，所以她躺下时，嘴里含了一小片，一直睡到了天亮。

埃琳博格从妮娜和卢诺弗的相遇开始问起。妮娜的陈述与之前的完全一致。她很清楚，也很自信地陈述着，好像她可以从容地应对接下来发生的所有状况、她当前的处境以及即将来临的庭审。她没有之前那么沮丧，好像不太记得那场噩梦了，所有的否定和恐惧都让位于眼前的现实。

“正如你所说的，当你的父亲康拉德来帮你时，他是怎么进来公寓的？”埃琳博格问。

“我不知道。我想门开着，或者没锁。他就那么出现了。”

“不是你开的门？”

“不，我没有。我记得不是我。我当时非常害怕。我确定他可以告诉你他是怎么进来的。”

埃琳博格点了点头。据康拉德说，他到达时门虚掩着。“或许是你在他来之前下床，开了门？”

“我觉得不是。”

“你本来打算逃跑，但是你到门边就改主意了？”

“可能吧，我记得我找到了手机，给爸爸打了电话。”

“你认为是卢诺弗开的门吗？”

“我不知道。”妮娜提高嗓音说，“我发誓，我一点也不记得当时发生了什么。他给我下药了，一种影响人记忆的药。你还要我说什么？我什么也不记得了！”

“你觉得你有没有可能在卢诺弗死前给你父亲打了电话？或许是你父亲杀了卢诺弗？”

“不会的。”

“你怎么这么确定呢？”

“我告诉过你：我在公寓里一个人醒来，走到另一个房间，看到卢诺弗躺在地上。然后给爸爸打了电话。你为什么不相信我？我就记得这些。肯定是我杀了卢诺弗……”

“公寓里没有打斗的痕迹。”埃琳博格说，“死者很干净，可以这么说——当然，除了血。所以你是轻轻地走了过去，非常有技巧地割开了他的喉咙。你觉得你可能那么做吗？”

“可能。如果我别无选择，如果我必须保护自己，如果我被下药了，我会这样做。”

“但是你身上没有血，你妈妈说的。”

“我什么也不记得了。虽然我的大脑还没清醒，但当我们回到家后，我就马上冲了个澡。”

“你去卢诺弗家后，有没有看到他喝了什么或吃了什么药？”

“我好像说了很多遍。我不记得到那儿以后发生了什么。我就记得和他走回家，然后醒来就在他床上了。”

“他死前你给他服用过氟硝安定吗？那样的话，要杀他就更容易了。”

妮娜困惑地摇摇头，似乎不明白这个问题。

“我给他……”

“我们了解到他死前也服用了他给你吃的药。氟硝安定让他无法自我防卫。所以，还有些事情你没有说。你正在隐瞒某些事情。可能你想替你父亲作掩护，或是替其他人，但是你现在仍在和我们玩游戏。我想你是在替你父亲作掩护，对吗？”

“我没有给他下药。我也没有替任何人作掩护。”

“当你走出卧室看见了卢诺弗的尸体时，你为什么不报警？为什么？”

“我告诉你了。”

“是要隐瞒你父亲干的事？”

“不是。没有什么可隐瞒的。他什么也没有做。”

“但是……”

“你不可以认为是我爸爸杀了他。”妮娜焦虑地反驳道，“爸爸绝不会做那样的事。绝不会！你不了解他，不知道他小时候经历过的事。”

“你是说小儿麻痹症？”

妮娜点点头。埃琳博格沉默了。

“我不该给他打电话。”妮娜说，“如果我知道他会成为嫌疑犯，我绝不会给他打电话。”

“你能说清楚为什么你和你父亲都不报警吗？”

“我觉得很羞愧。”妮娜说，“那样很丢人。去了那儿，什么也不记得，全身赤裸地躺在一张陌生人的床上。被人强奸了。我立刻就知道他对我做了什么。我觉得……我觉得被侮辱了。我不想让任何人知道这事。这是桩丑事。我看到了地板上有避孕套，想到了人们会怎么议论这件事。如果我对他献殷勤了呢？全是我的错吗？我给自己还有家人造成了耻辱吗？我看到他死在地上，我当时蒙了。我不知道怎么说。我很害怕——害怕我所看到的，我觉得很羞耻。我都不想告诉我爸爸我和一个完全陌生的男人做了那事。我怎么告诉警察？”

“被强奸不丢人。应该是强奸犯丢人。”埃琳博格说。

“我现在才理解她们。”妮娜含糊着说，“天啊，我太理解她们了。”

“她们？”

“那些强奸事件的受害者。我想我现在能理解她们的经历了。你只是听说过那些强奸案，但实际比新闻上说得恐怖得多。现在我知道了每一个强奸故事的背后都有一段像我一样的痛苦经历。那些像我一样遭到强暴的女人们。还有那些男人们！他们都是畜生。我……”

“什么？”

“我知道我不该这样说，特别是不该对你说，不该在这里说。但是我不在乎。我一想到他对我做的那些事，我就愤怒不已。他那样对我，给我下药，然后强奸我！”

“你想说什么？”

“她们想说的话。这是侮辱。法律不严惩这些禽兽——只是治治他们。”妮娜深吸了一口气。“有时……”她试着不让眼泪流出来，“有好多次我都想要割开他的喉咙。”

*

大约一小时后轮到康拉德了。他和女儿一样，开始很镇定，律师在审讯室陪着他。他很累，说自己睡不着觉。他的妻子已经告诉了圣弗朗西斯科的大儿子家里遭遇的不幸。康拉德很担心自己的女儿。

“妮娜怎么样？”他开口就问。

“她当然不会高兴，我们还是尽快解决这件事吧。”埃琳博格说。

“我不理解你怎么会认为是我杀了人。我知道我说过宁愿是我杀了他而不是我的女儿。但是任何一位父亲都会这样说的。我想你也会这样说。”

“与我无关。”埃琳博格答道。

“我希望你不要把我所说的话当作某种坦白。”

“当你看到卢诺弗家发生了什么事情后为什么没报警？”

“这是我的错。”康拉德说，“我知道。我们无法隐瞒事实。我们几乎立马就意识到了。我知道这对你来说很难理解，但是你设身处地地为我们想想。我觉得妮娜已经遭受得够多了，而且我以为会没事的，只要你们——警察——不知道她，那她也就平安无事。他们那晚在一个酒吧碰见。她没有告诉任何人她在哪儿，以及和谁在一起。我尽可能把她的东西都拿走，但是我忘了披肩。”

“能说说你是怎么到卢诺弗家的吗？我还不清楚。”

“我走过去的。门没有关。可能是妮娜开的——她叫我来。我们在来的路上电话里说了。我不是很确定。”

“她也不记得了。”

“噢，也是，她当时的状况不好，我也好不到哪里去。我记得他烧了什么东西，那个男人。我闻到一股味儿。”

“烧东西？”

“或许……那地方有煤油吗？”

“煤油？”

“你们在那里没有看到？”

“没有，没有看到那种东西。”

“没有一个人闻到吗？一股煤油味儿？”

“我们没有发现什么煤油。”埃琳博格说，“那个公寓里没有那种东西。”

“嗯，我到达那儿时有股煤油味儿。”康拉德说。

“除了一些小圆蜡烛外，他没烧什么。你和你女儿怎么处理的那把刀？”

“什么刀？”

“你女儿用来杀卢诺弗的刀？”

“我到的时候她手里没有拿刀。我也没有想那个。在慌乱中，她肯定丢掉了。”

“你怎么刮脸？用什么刮？电动剃须刀吗？安全剃刀？还是直形剃刀？”

“我用安全剃刀。”

“你有直形剃刀吗？”

“没有。”

“你以前有吗？”

康拉德想了想。

“我们获得了搜查令，”埃琳博格说，“去搜查你和你女儿的家。”

“我从没买过直形剃刀。”康拉德说，“我甚至不知道怎么用。他的喉咙是被剃刀割开的？剃须刀？”

“还有一个问题困扰着我。”埃琳博格说，“你的女儿妮娜声称自己杀了卢诺弗，但是她完全不记得自己杀了他。她说这是仅有的一种可能解释。她说公寓里只有他们两个人。你认为她能自己制服像卢诺弗那样的男人吗？特别是在她被下药并且无力反抗之后？”

康拉德想了想。“我清楚她当时的处境。”他说。

“实际上，如果她的意识完全清醒，行动敏捷，悄无声息，在卢诺弗毫无防备的情况下，她有可能做到。”埃琳博格说，“但是首先她得有工具。她必须准备好杀人凶器。”

“我觉得是。”

“她有吗？”

“你什么意思？”

“当她和卢诺弗回家时，她是不是已经备好了凶器？”

“她怎么可能准备好？她不认识那个男人。你在胡说什么？”

“我说这是谋杀。”埃琳博格说，“我说你女儿是带着谋杀卢诺弗的意图去那里的。我想找出原因。她的动机是什么？谁是她的帮凶？”

“你简直在胡说八道！”康拉德说，“你不是认真的吧？”

“卢诺弗不仅仅是倒下，然后死了。”埃琳博格说，“我们也可以从另一个角度审理此案。我们没有公布卢诺弗死前服了氟硝安定。而且我觉得他不是自愿服药的，肯定是有人强迫他喝的。或者是给他下了药，就像他给你女儿下药一样。”

“他自己也服了药？”

“我们在他的嘴里发现了药。他服用了大剂量的药。这表示真相不是你和你女儿说的那个样子。不是吗？”

“你想说什么？”

“有人强迫他吞了药。”

“不是我。”

“如果你女儿说的是实话，那么我认为她做不到。也没有其他可能。我认为是你报复他强奸了你的女儿。在我看来，这是一种典型的报复杀人。妮娜打电话给你，寻求帮助。你迅速到达辛霍特街，她帮你打开门。或许那时卢诺弗还在睡觉。当你看到眼前的一切，他对你女儿所做的，你发疯了。你要让他尝尝苦果，然后你当着女儿的面割开了他的喉咙。”

“这太荒谬了。不是我！”康拉德惊叫道。

“那是谁？”

“不是我，也不是妮娜。”他说，“我知道她从不会伤害任何人。即使他给她下了药，她变得不像自己了，她也不会那么做。”

“你不能低估人在自我防卫时的举动。”

“她没有那么做。”

“有人强迫他吞了药。”

“肯定还有其他人。当时公寓里肯定还有其他人。”康拉德靠着他和埃琳博格之间的那张桌子。“妮娜没有做那种事，我也没有做那种事，我是知道的。所以只有一种可能，肯定还有其他人在场，除我女儿之外的其他人！”

# 25

卢诺弗案中还有第三个人在场，警方已经猜想过。埃琳博格已经两次质问爱德华案发当晚在哪里，他都给出了同样的答案，说是一个人在家看电视。但是没有目击证人。爱德华很可能在撒谎，但是警方还未查明他杀死自己朋友的动机。埃琳博格推测他不能实施这种极端的行为。她隐约觉得他和莉娅失踪案有关：没有证据证明他载女孩到市里，即使有也证明不了什么。他可以说让她在某处下车了，之后她才失踪了。但是埃琳博格不会放过爱德华。

她一整天都在审问妮娜和康拉德，其间，他们的证词一直都没有变。妮娜认为自己必须对卢诺弗的死负责，她几乎希望是自己干的。另一方面，康拉德往反方向走，他觉得他的女儿根本不可能杀人，而且他也否认自己杀了卢诺弗。没有证据证明妮娜被下了迷奸药而且失去了反抗能力。她在警方面前一直说不记得当时的事情。事实上，也许她在整个过程中是完全清醒的。

然后是卢诺弗。他不可能自愿服下氟硝安定，肯定是有人强迫他服了药，那个人肯定是出于报复。有可能是妮娜强迫他喝下药吗？还有很多谜团未揭开。埃琳博格认为，康拉德和妮娜是最有可能的人。妮娜没有承认，但是埃琳博格不久之后会探得真相，之后她和她的父亲会交代杀人凶器在哪里。尽管她会不情愿。卢诺弗将好人拉进了他那肮脏的世界里。

那天下午晚些时候，埃琳博格再次来到爱德华家，她远远地观察着爱德华家里的情况。他的车停在老地方。埃琳博格已经查看了他之前教书的学院网站，查出了他的上课时间表：他一般下午三点下课。她不确定留意爱德华有什么收获。或许她对康拉德父女动了恻隐之心，希望他们无罪释放。

埃琳博格坐在车里，看着旧码头的船舶，不久那里就会为新住宅小区的开发让路。历史一下子就会被抹去。她想到了坚持传统的埃伦迪尔。她不总是赞同他的想法，毕竟时代在进步。对于一栋名叫“格朗达尔屋”的建筑的事，埃伦迪尔曾痛骂过。它被从老城区迁到了市郊，成了那里的一座露天博物馆。他很气愤为什么不让它待在它原来的地方，待在属于它的老城区中心，待在见证它历史的环境中。这栋建筑非常重要，他说，它是以19世纪作家贝内迪克特·格朗达尔的名字命名的，在那里他写出了自己的传记，这是埃伦迪尔最喜欢的书。这栋“格朗达尔屋”是雷克雅未克为数不多的19世纪的建筑之一。“他们要把房子迁离，”埃伦迪尔抱怨道，“将其置于偏僻之地。”

埃琳博格在车里等了几乎两个小时，门终于开了，爱德华出来开车走了。她跟上他。他先去了减价市场，然后去了洗衣店，再去了正在打烊的租碟店。店外的指示牌上写着：清仓处理。爱德华在里面待了很久，出来时买了一大堆光碟，放进车的行李箱。他在店外和老板说了一会儿话，然后开车走了。

接着他去了卢诺弗上班的那家电话公司。埃琳博格透过窗户看到爱德华在修手机。店员走向他，他们谈了谈手机，最后爱德华买了一部手机。他开车往家返，在一家汉堡店外停了下来。他准备吃些东西，埃琳博格几乎打算放弃对爱德华的监视。她不知道自己想要发现什么，她很可能在跟踪一个无辜的男人。

她打电话回家，西奥多拉接听了电话。她们简单聊了几句。西奥多拉邀请了两位同学来家里玩，她没有时间和妈妈聊天。泰迪还没有回家，西奥多拉不知道哥哥们在哪儿。

爱德华吃完饭后回到车上。埃琳博格挂断电话继续跟踪他。他沿着旧港口朝西边开往回家的方向。他在老港口那里将车速放慢下来，开到路边，把车停在人行道上。他像是在俯瞰干船坞，并眺望紧邻埃夏山的海湾。埃琳博格有点困惑。她不能跟得太紧，所以她继续往前开，在邻近的一个停车场停了下来，等待着，直到爱德华慢慢开回家时才又跟了上去。

埃琳博格把车停在老地方，并熄了火。爱德华拎着干净的衣服、杂物和影碟进屋，然后关上门。此刻已经是晚上了，家里这阵子每天叫外卖吃，埃琳博格觉得心里很愧疚。她觉得自己该多考虑家庭；她要多陪陪西奥多拉和儿子们，也要挤出时间陪陪泰迪，他整晚看电视打发时间。他总是看纪录片，特别是动物世界，但那没什么意义。她回家时常常发现他着迷地看美国纪实生活片，如婚礼、模特和坐船遇难者，等等。这些就是泰迪所谓的新的“野生纪录片”。

埃琳博格看见爱德华的邻居走了出来，并打开车库门。里面是一辆老爷车，他准备给它打蜡和抛光。这是一辆埃琳博格不认识的经典款汽车：体型大，50年代的车型，婴儿蓝车身，闪亮的镀铬配件，车身很高，车后有个大散热片。泰迪很喜欢这款车，特别是凯迪拉克：他总说凯迪拉克是最好的车。埃琳博格不确定这款是否是凯迪拉克，但是她知道如何与车主交谈。她下了车，走到他面前。

“晚上好！”她说着，看向车库门里。车主抬头看了看，作为回应。他大概五十岁，看起来很友好，一直笑呵呵的。

“这是您的车吗？”埃琳博格问。

“是的。”男人回答，“是的，是我的车。”

“这是凯迪拉克吗？”

“不是，实际上这是克莱斯勒纽约人59，几年前从美国买回来的。”

“克莱斯勒？”埃琳博格说，“好开吗？”

“性能很好，不需要你做什么，只需时不时给它擦洗擦洗。你喜欢这种经典款车吗？爱车的女人很少。”

“不，不太喜欢。我丈夫很爱车。他是一名汽车修理工，他之前也有一辆这样的车，但后来卖了。他很喜欢这款。”

“哦，那务必叫他过来找我，我载他兜风。”

“您一直在这里住吗？”埃琳博格问。

“我和妻子结婚后一直住这里。已经有25年了。我喜欢住在海边。我们常常沿着港口附近的海滩散步。”

“我听说这里马上要开发新项目了。当地居民怎么看？”

“我不感到开心。”这个人说，“其他人怎么看我不知道。我觉得我们不该忘记历史，放弃传统的生活和工作方式，好像我们做的一切都将不复存在。干船坞都要往前走了。”

“我认为你的邻居们也不会感到高兴。”

“是的，可能不会。”

“你跟他们很熟吗？”

“算认识吧。”

“我开车路过，看到那边黄色房子里的人家里有一棵桤木。你知道他的名字吗？”

“你是指爱德华？”男人说。

“对，爱德华，就是他。”埃琳博格答道，好像正在绞尽脑汁地想。“就是他。我之前和他是同事。”她说，“他现在还在教书，还是……”

“嗯，他是老师。在一所二级学院教书，我不记得是哪所。”

“我们以前在汉姆拉利德高中教书。”埃琳博格说。她觉得对新朋友撒谎心里很不安，但她不能透露自己是一名警察。他们的对话肯定会迅速传播出去，传到爱德华的耳朵里。

“是这样啊！”这个人说，“我不常见到他。他总是一个人，很少见到他。”

“我知道。他有点神秘。他在这里住的时间久吗？”

“我记得他是十年前才搬来的。那时他还是个学生。”

“但是他怎么买得起房子呢？”

“我不知道这个。”这个人说，“但是我记得他几年前有个房客。或许抵押贷款也帮了忙。”

“是的，我记得他说过。”埃琳博格撒谎道，“他不是还在阿克拉内斯教过一阵吗？”

“是的，没错。”

“那他每天开车上下班吗？”

“是的。那辆车就是他现在开的这辆。很破了。虽然我们是邻居，但是我跟他不是很熟。我和他只是泛泛之交。我对他不了解。”

“他现在还单身吗？”埃琳博格继续问。

“是的。据我观察，他没怎么和女人有太多接触。至少我没有注意到。”

“我认识他时，他就不是那种爱玩的人。”

“现在也是那样。周末我也没见到屋内有其他人。”这个人笑着说，“他真是一个独来独往的人。”

“祝你的克莱斯勒好运，它很漂亮。”埃琳博格说。

“是的，它很棒！”男人回答。

*

埃琳博格一回到家门口，手机铃声就响了。她熄火后看了看手机屏幕。她不认识这个号码，正在犹豫是否接听。她今天很累，渴望在家安安静静待一会儿。她看了看号码，想知道这是谁打来的。孩子们有时候会给她打电话，朋友们也会偶尔给她打电话。铃声一直在响，但她不情愿挂掉。最后，她还是决定接听。

“晚上好！”一个女人的声音说，“你是埃琳博格吗？”

“是的，我是。”她厉声说。

“很抱歉这么晚打扰你。”

“没关系。你是哪位？”

“我们没见过，”女人说，“虽然我不该担心，但我还是有点担心。他能照顾自己，他喜欢一个人待着。”

“不好意思，你是哪位？”

“我叫瓦格迪尔。”女人说，“我们之前没说过话。”

“瓦格迪尔？”

“我是你的同事埃伦迪尔的朋友。我试着和西于聚尔·奥利联系过，但是他不接电话。”

“嗯，”埃琳博格说，“因为是陌生号码，所以他没有接电话。你还好吗？”

“嗯，谢谢你。我只是想知道他有没有和你们联系过。他去了东峡湾，然后就杳无音信了。”

“没有，他也没和我联系。”埃琳博格说，“他去那里多久了？”

“差不多两周了。他正在处理一件棘手的案子，我觉得他很沮丧。我有点担心他。”

埃伦迪尔离开时没有和埃琳博格和西于聚尔·奥利道别，他们以为他只是请假了。在那之前，他发现了25年前失踪的男女的尸体。他在业余时间还处理着另一起案子，但一直没能找到足够的证据用于起诉。

“我觉得埃伦迪尔只是不想被打扰。”埃琳博格说，“如果他打算在东部待一阵子，两周不算长。我知道他最近工作非常卖力。”

“或许吧。他要么关机，要么玩消失。”

“他会出现的。”埃琳博格说，“他只是悄悄地离开了。”

“哦，那就好！如果他和你联系了，请你告诉他我在找他。”

# 26

西奥多拉一直醒着。她往一边挪了挪，让埃琳博格在她旁边躺了下来。她们安静地躺了一会儿，谁都没说话。埃琳博格一直想着莉娅，那个阿克拉内斯失踪了的女孩。她想着这个年轻女孩被丢在科帕沃于尔的路边。她想起了审讯室里泪眼汪汪的妮娜，想象着她手里拿着刀割开了卢诺弗的喉咙。

房子里很安静。孩子们出去了，泰迪在汽车修理厂算账。

“妈妈，别担心！”西奥多拉说。她感觉到了母亲的不安，母亲看起来很疲惫，心烦意乱。“别担心我们。我们知道你工作很忙。别担心我们。”

埃琳博格笑了笑。“我知道你是全世界最乖的女儿。”她说。

她们没再说话。窗外刮着大风。秋天慢慢过去，冬天即将来临，天气将变冷，也会黑得更早。

“你绝不能做的事是什么？”过了一会儿，埃琳博格问，“绝不能做的事！”

“绝不能搭陌生人的车。”西奥多拉说。

“对的。”埃琳博格说。

“没有任何特例。”西奥多拉重复着母亲教过的话，“无论他们说什么，无论是男人还是女人，绝不能搭陌生人的车。”

“很抱歉让你说这话……”埃琳博格说。

西奥多拉以前听过很多次这种话，最后一句是“……因为大部分陌生人都是好人，但是还是有少数人是不能相信的。所以你绝不能搭陌生人的车，即使他们说自己是警察”。

“这才是我的好孩子，西奥多拉。”埃琳博格说。

“你在调查类似的案件吗？”

“我不知道，或许吧。”埃琳博格说。

“有人搭别人的车了吗？”

“我不谈工作。”埃琳博格说，“在家聊工作有时不是很有趣。”

“我在报纸上看到两个人被抓了—— 一个男人和他的女儿。”

“是的。”

“你是怎么抓到他们的？”

“我用鼻子找。”埃琳博格笑了笑，指了指自己的鼻子，“我是靠我的嗅觉破了案。那个女儿和我一样爱吃唐杜里菜。”

“所以她的房子里也有那股香料味吗？”

“是的，差不多。”

“你遇到危险了吗？”

“没有，宝贝！我没有遇到危险。他们不是那么邪恶的人。我告诉过你，警察很少有危险。”

“但是警察常常在街上被袭击。”

“那些只是些小流氓、社会败类，别担心！”埃琳博格说。

西奥多拉想了想。她的母亲一直是一名警察，她很少听母亲谈起工作，因为母亲觉得她的年龄还小。西奥多拉的朋友都知道父母的工作，但是西奥多拉不知道。她偶尔会去警局，那也是埃琳博格没办法，只能带她去。她就坐在小办公室里静静地等妈妈下班。一些穿着制服的男女警察都会过来和她打声招呼，笑着说她都长这么大了。只有一位穿大衣的男的对她皱眉，训斥埃琳博格怎么可以带小孩来这种地方。西奥多拉永远也不会忘记他用了这样的字眼：这种地方。她问妈妈那人是谁，但是埃琳博格摇摇头，告诉女儿忘记这个有病的男的。

“你的工作是干什么的，妈妈？”西奥多拉问。

“就是普通的办公室工作，宝贝！马上做完了。”她母亲说。

但是西奥多拉清楚地知道这绝不是普通的工作。她知道一些警察做的事情，也知道母亲是一名警察。埃琳博格话刚落音，走廊里传来一阵喧哗，两名警察铐着的一个男人变得狂怒，胡乱地拳打脚踢。只见他用脑袋撞向其中一名警察，这名警察倒地，血从脸上涌出。埃琳博格护着西奥多拉，把她送到小办公室并关上了门。

“疯子！”她嘘声对女儿说，面带歉意。

西奥多拉记得瓦尔托尔说过母亲工作到很晚。他说她正在处理全国最棘手的案子。这是西奥多拉看到哥哥为母亲感到自豪的仅有几次之一。

当西奥多拉和母亲躺在一起时，她会再次问道：

“你的工作是干什么的，妈妈？”

埃琳博格不知道如何回答。西奥多拉对母亲的工作特别感兴趣很好奇那些细节，埃琳博格每天都在干什么、和什么人打交道、同事是谁。埃琳博格尽可能避免提及谋杀、强奸、家暴、暴力攻击。她亲眼看见了这么多，但是她宁愿没看见，更不可能告诉孩子。

“我们帮助人们，”她最后说，“帮助那些需要我们帮助的人们。我们尽力确保让他们相安无事。”埃琳博格站了起来，帮女儿盖好被子。“我是不是对伯金不够好？”她问。

“是的，你对他不够好。”

“我有什么地方做得不好吗？”

“伯金从不把你当妈妈。”西奥多拉说，“他是这么跟瓦尔托尔说的，但是你别说是我跟你说的。”

“瓦尔托尔告诉了你所有的事。”

“他说伯金受够我们了，这个寄养家庭。”

“我们做错什么了吗？”埃琳博格问。

“没有，我觉得没有。”

埃琳博格吻了吻女儿的前额。“晚安，宝贝！”

*

埃琳博格离开后，康拉德和妮娜的审讯仍在继续。他们被重复问到当晚的行踪，但是他们的证词一直都没有变。虽然他们的证词完全一致，但是埃琳博格认为他们有足够的时间编故事。有位证人在那晚回家途中看见了车里副驾驶座位上的女人，因此，他被带到警局指认康拉德的妻子。他很确定她就是他那晚见到的女人。

第二天下午，埃琳博格来到康拉德的审讯室。被关起来并得不断地回答问题让康拉德感到身心疲惫，他很担心他的家人，尤其是妮娜。他告诉埃琳博格他女儿有多好，她也相信妮娜有那么好。每个人都希望赶紧结案。“你不是希望在我女儿衣服或手上找到血迹吗？”康拉德面对一堆牵扯到妮娜和卢诺弗的死有关的问题时问道。“我没有看到她身上有任何血迹，衣服上没有，手上也没有。哪儿都没有。”

“你之前说你没留意过。”

“我现在想起来了。”

“怎么证明？”

“我没法证明。我知道我应该立刻报警，让警察过来，让他们看到证据，告诉他们妮娜没有杀他。没有带妮娜去强奸创伤科验伤并咨询都是我的错。我知道我们应该这么做。我们不该逃走。这是不对的，我们尝到了苦果。但是你一定要相信我。妮娜绝对没有杀人。绝对没有！”

埃琳博格看看审问的警官。他们示意她继续。

“我想你的女儿准备坦白了，”她说，“妮娜几乎都招了。她唯一的遗憾就是她不记得杀了他。”

“他强奸了她。”康拉德说，“那个禽兽强奸了她。”

埃琳博格之前没有听他咒骂过。“这使我们更有理由相信她醒来后，像卢诺弗对她那样给他下药，制服他，然后割开了他的喉咙。或许她耍了点花招——在他酒里下药，然后清洗了杯子。有很多证据可以证明这点。”

“这让我恶心。”康拉德反驳道。

“莫非是你？”埃琳博格问。

“这个卢诺弗是谁？”康拉德问，“他是个怎样的人？”

“我不知道怎么说。”埃琳博格说，“他生前我们和他没有任何接触。你得理解我们。虽然你女儿说自己被强奸了，但是没有证据。我们为什么要相信她呢？还有，我们为什么要相信你呢？”

“你可以相信她所说的一切。”

“我也想相信，”埃琳博格说，“但是她所说的破绽百出。”

“我知道她从不撒谎。她对我、她母亲甚至任何人都不撒谎。看到她卷入这噩梦般的事情中，我的心都要碎了。这简直太可怕了。我愿意不惜一切代价赶紧结束这场噩梦。一切！”

“你知道他穿着妮娜的 T 恤吗？”

“我后来才知道。我脱下我的夹克给妮娜披上，然后捡起她的衣服。我觉得我已经很小心了。你一问起我关于圣弗朗西斯科，我就意识到了你在找我们岔子。那不是常规审问。”

“你说你宁愿亲手杀了他。妮娜说她希望她能记起是她杀了他。是你俩谁干的？你现在准备好告诉我了吗？”

“妮娜说是她杀的？”

“差不多。”

“我没有什么要忏悔的。”康拉德说，“我们是无辜的。你们应该相信我们，然后结束这一切。”

# 27

埃琳博格下班后去了超市。她买了一些健康食品，她一直鼓励丈夫和孩子吃些健康食品，但收效甚微。她买了牛排；她要遵守诺言给瓦尔托尔做他最爱吃的牛排。他爱吃五分熟的牛排，但是埃琳博格不喜欢那种血淋淋的肉。她购物时很放松，不去想那让她喘不过气来的案子。手推车上有一把洋蓟、哥伦比亚咖啡和冰岛酸奶。

她回家后泡了个热水澡，十分放松，都快睡着了。她说不出过去几天到底有多累。她听到有人在家里走动—— 其中一个孩子放学回家，她醒了。她尽量不去想工作，但没用。爱德华一直在她脑海里出现。他那肮脏的小房子、停在外面的破车以及扭曲的枝丫，它们像可怕的爪子似的笼罩在屋顶。她又想到了莉娅、令人反感的房子和房子的主人爱德华，他弯腰驼背，胡子拉碴，头发蓬乱，衣冠不整地在房子周围走来走去，看起来紧张不安，举止粗野。她不敢想象他害了人还能若无其事。爱德华的性格不能单从外表判断，实际上，他是个邋遢的人。

埃琳博格想再去一趟阿克拉内斯，去和更多认识莉娅和爱德华的人谈谈。他大学的同事可能知道一些他们认为无关紧要但她却觉得很有用的信息。她想再拜访一次在宗教中寻找慰藉的莉娅的母亲。她还有问题要问问莉娅的父亲，他一直以自闭和沉默来面对伤痛。没有任何证据就去找他们会很唐突，埃琳博格自己也不确定会有什么进展。她不想给他们假的希望。这对谁都不好。

关于卢诺弗的案子，她也想多发现些线索。康拉德问她卢诺弗是个怎样的男人，警方对他了解多少，答案是了解得很少。或许她应该回到他的村庄去多问一些当地人。

埃琳博格脱下制服，走进厨房。西奥多拉邀请了两位朋友来家里，此刻她们都在她的房间里。瓦尔托尔也在他自己的房间里：她决定不去打扰他。她想平静地度过今晚的剩余时光。

开始做牛排前，埃琳博格先拆开包着两大块之前买好的羊肉的包装袋。她走到后院，把烤架的火点上，让它有充裕的时间变热。她拿出唐杜里锅和用冰岛香草做好的腌泡汁，再把羊肉切成小块状，放进腌泡汁里放置半个小时。等烤架变热后，她将唐杜里锅放在上面，还放上了几个大土豆，她想用炭火烤土豆，配牛排吃。她打电话给泰迪，他说正在回家的路上。

埃琳博格专注做饭的时候是她少有的可以平静下来的时刻。她让自己慢下来，把压力释放出来，专注做些工作之外的事情，多和家人相处。她放空大脑，只想那些食材，从混沌中解放出来，把她的悟性和方法用于做出美味的食物。她在厨房里找到了创造的意义：她充分利用这些食材，使它们的材质、口感和芳香得以充分体现。埃琳博格做菜分三步：准备、煮菜和吃菜，这也是生活的秘诀。

她计划出版一本新的烹饪菜谱，所以她仔细做好了笔记。第一本——《不只是甜点》——很畅销；她被邀请上电视的访谈节目，也接受过媒体的采访。她希望下一本书也畅销。

她听到泰迪进屋了。她能听出家里每个人的脚步声：瓦尔托尔会摔门而入，踢掉鞋子，把书包扔在地上，招呼也不打就回房间了。阿伦最近也是如此；毕竟他现在长大了，也想像哥哥一样率性而为。他总是把外套往走廊地板上一扔，提醒过他无数次要捡起来也没什么用。西奥多拉安静地回来，轻轻地关上门，把外套挂起来，如果父母都在家，她就会和他们聊一会儿。泰迪有时进入车库时会发出一些杂音：他总是很开心，开车回家的路上常常哼着收音机里听到的小曲。他回家也会收拾——把孩子们的衣服挂好，把书包拿走，把他们的鞋子放回鞋架，然后进厨房，亲一下埃琳博格。

“嗨，你在家啊！”他说。

“一周前我就答应要给孩子们做牛排。”她说，“烤架上还有唐杜里菜。你介意帮我煮米饭吗？”

“你破案了？”泰迪边问边找出一袋大米。

“不知道。我们很快会发现新线索的。”

“你真是个聪明的姑娘！”泰迪称赞道，并很高兴埃琳博格能按时回家。最近晚上，他都成了一家难吃的炸鸡店的常客，很想念妻子和她做的家常菜。

“你说什么？我们喝点红酒庆祝一下吧？”

这时，走廊里埃琳博格外套口袋里的手机突然响了。

泰迪的笑容没有了。他听出了这是她工作手机的铃声。“你不去接吗？”他拿了一瓶红酒问道。

“难道我不是一直都接吗？”埃琳博格答道，朝客厅走去。当她把手机从口袋里取出来时，她想把它关了，事实上，她也是这么想的。

泰迪的夹克在走廊里的一把椅子上放着。

“你在家吗？”西于聚尔·奥利问。

“嗯！”埃琳博格厉声说，“你有什么事？什么事？”

“我想祝贺你，但如果你对我不客气，我可能——”

“祝贺我？”

“他招了。”

“谁？”

“你拘留的那个男人。”西于聚尔·奥利说，“那个瘸腿的家伙。他坦白是他杀害了卢诺弗。”

“康拉德？什么时候？”

“刚刚。”

“都招了？”

“嗯。他们审了他一整天，然后他说他放弃了。我不在场，但那不是重点。他招了。他说他看见发生的事然后就发疯了。他说他没有强迫卢诺弗喝任何东西，但是他注意到他确实受到了药物的影响。他用的似乎是厨房里的一把刀，然后在回家的路上把它扔进了海里。他不记得具体扔哪儿了。”

埃琳博格不相信。“他告诉我的最后一句话是他俩都是无辜的。”

“他一定是受够了。我不知道他是怎么想的。”

“他女儿知道他坦白了吗？”

“还没。我觉得我们应该等明天再告诉她。”

“谢谢！”埃琳博格说。

“哦，这都是你的功劳，朋友！”西于聚尔·奥利说，“有谁会相信是你的印度调料破了此案呢？反正我不相信。”

“明天见。”

埃琳博格挂断电话，心不在焉地捡起丈夫的夹克。走廊里能闻到衣服上散发出来的很浓烈的汽车维修店的气味，还有润滑剂和轮胎的气味。泰迪一般不会把这种工作污垢带回家，但这次他忘记了。埃琳博格认为，或许是他看到她在家太高兴了。她把夹克放进车库，将其挂起来，然后回到厨房。

“电话里说什么了？”泰迪问。

“他们坦白了。”埃琳博格说，“辛霍特街的案子。”

“啊！”泰迪手里拿着一瓶红酒说，“我不知道是否能打开它。”

“随便吧！”埃琳博格淡淡地说，“你把夹克忘在走廊里了。”

“很抱歉，我走急了。怎么了？案件解决了，是吗？”

他砰的一声用力拔起酒瓶里的软木塞。他倒了两杯红酒，将其中一杯递给了妻子。“干杯！”他说。

埃琳博格回敬了他，她在想其他事。她看锅里的米饭时就在分心，这些泰迪都可以看出来。他品了一口，然后看着她。他不想打断她的思路。

“可能吗？”埃琳博格说。

“什么可能吗？”

“他搞错了。”埃琳博格说。

“什么？”泰迪疑惑地问，“米饭有问题吗？”

“米饭？”

"是的——我是按平时的量做的。"

"他以为那是煤油，但他错了。"埃琳博格说。

"什么？"

埃琳博格看着泰迪，然后走向车库，取回他的夹克，并递给他。她问泰迪："你能告诉我这到底是什么气味吗？"

"夹克上的气味吗？"

"是的。是煤油的气味吗？"

"不，不是……"泰迪闻了闻说，"是发动机润滑剂。一种油。"

"这个卢诺弗是谁？"埃琳博格深吸一口气，"他是个怎样的人？康拉德今天这样问过我，我没有回答他，因为我不了解他。但是我应该知道。"

"你应该知道什么？"

"康拉德闻到的不是煤油味。天啊！我们应该多问问他。我知道了。我们应该多了解了解卢诺弗。"

# 28

埃琳博格在车里坐了一会儿，然后进了加油站。尽管她很忙，但也允许自己听听收音机里的经典歌曲。她的第一任丈夫博格斯坦非常喜欢经典歌曲。他常常滔滔不绝地谈起过去那些简单、纯真的舞曲，而现在都是些愤怒对抗的摇滚乐。

这些熟悉的歌曲使她想起了埃伦迪尔，他去了小时候住的东部地区。他希望一个人静静，这样他就可以丢掉手机，断绝和外界的联系。他很少请假去东部，如果去，他就这么做，这是他的风格。她不知道他去那里干什么。她冒昧地问了他所在的埃斯基菲约泽村的酒店，但都说没见到他。她犹豫着要不要打个电话：她和其他人一样了解埃伦迪尔，她也知道他不爱被打扰。

埃琳博格走进加油站。她翻阅了以前那些关于致命的交通事故的记录，找到了那位撞死卢诺弗父亲的货车司机。那个男人以前一直在雷克雅未克的一家货运公司工作。埃琳博格去那家公司打听这个司机，她问这里的经理：

“我想知道拉格纳·托尔在这儿吗？我打了他的手机，但是他没有接。”埃琳博格自我介绍后说。

“拉格纳·托尔？”经理说，“他已经很多年不在这里工作了。”

“哦？那他现在给谁开车？”

“开车？不开了，拉格纳不再开车了。那次车祸后就没再开了。”

“是撞死人的那次车祸吗？”

“是的，之后他就没再开车了。”

“因为出事所以不开了？”

“是的。”经理站在办公室里翻着装货清单，没有抬头看。

“你知道他现在在哪里工作吗？”

“知道，他在哈夫纳夫约杜尔的一家加油站工作。几个月前我还看见他了。他可能还在那里。”

“那次事故对他影响很糟，是吗？”

“是的。正如我所说的，他不再开车了。从那时起就不再开了。”

埃琳博格离开货运公司后直接开往经理说的那家加油站。这是一天中的安静时刻，那个地方也很宁静。一个男人站在一个油泵旁边自己动手加油，这样可以节省几克朗。加油站里面还有一位大约三十岁的女人和一个年龄大些的男人。女人忽视埃琳博格，看着外面的加油区，但是男人站起来，笑了笑，问她是否需要帮助。

“我要找拉格纳·托尔。”埃琳博格说。

“是的，我就是。”男人回答。

“你的手机好像坏了。”

“哦，你找我吗？我还没有准备好买新手机。”

“我们可以私下谈谈吗？”埃琳博格看了看旁边的女人说，“我要问你一点事，不会花你很长时间。”

“好！”男人也看了看女人，“我们去外面说。你是谁？”

他们走了出来，埃琳博格解释道自己是警察，正在处理一个复杂的案子。长话短说，她想问他关于几年前撞死人的那场车祸。

“车祸？”拉格纳谨慎地说。

“我在报纸上看过报道。”埃琳博格说，“但是我知道事实还是有出入。我听说你之后就再也不开车了？”

“我……我觉得我没法帮你。”拉格纳说完，准备走开，“我再也不会谈那件事。”

“我明白。那对你来说是一段痛苦的经历。”

“恕我直言，你是不会理解的除非那事发生在你身上。我觉得我帮不了你，所以请别再来找我了。我决不会跟任何人说起那件事，现在也不会说。我希望你尊重这一点。”他说完好像要回去工作了。

“我在调查的案子是辛霍特街谋杀案。”埃琳博格说，“你听说过这个案子吗？”

拉格纳·托尔止步了。一辆车在其中一个油泵前停了下来。

“死的那个年轻人被割断了喉咙，他是那次事故中死者的儿子。”

拉格纳·托尔疑惑地看着他。“他儿子？”

“他叫卢诺弗。在那次事故中他失去了他的父亲。”

停在油泵前的司机坐在车里等着加油，但坐在屋里的女人一动不动。

“那不是我的错！”拉格纳·托尔嘟哝着，“那次事故不是我的错。”

“我想大家都是这么想的，拉格纳。是他突然掉头转到你前面的。”

等着的司机按了按喇叭。拉格纳·托尔看了他一眼。屋里的女人根本没看他们。他走到车边。司机摇下车窗，一言不发，递给他一张5000克朗的钞票，然后又摇上车窗。

“你想知道什么？”拉格纳·托尔一边加油一边问。

“关于那次车祸，有没有什么奇怪的事情发生？一些在你的口供中没有提到的事情。一些可以解释车祸如何发生的事情。报道只说卢诺弗父亲的车好像失控了。”

“我知道。”

“他妻子说他在车上睡着了。这是真的吗？或者发生了其他什么事情？可能让他分心的一些事？他在车上抽烟了吗？”

“辛霍特街案的那小子是他儿子？”

“是的。”

“我不知道这个。”

“现在你知道了。”

“如果我告诉你一些在口供中没有提到的，你一定不能告诉其他人。”

“我不会的。你可以相信我。”

拉格纳·托尔给车加完了油。他们站在油泵边。那时是正午，寒风刺骨。“那是自杀！”拉格纳·托尔说。

“自杀？你怎么知道？”

"你不能走漏一个字。"

"不会。"

"他对我笑了笑。"

"笑了笑？"

拉格纳·托尔点点头。"货车撞他时他一直在笑。他瞄上了我——我的车，因为我的车是带拖车的巨型货车，杀伤力强。他没有任何警示就开向我的前面。我什么也做不了。我根本没有时间反应。他掉转车头撞我的车，汽车相撞后，他笑了——哈哈大笑。"

*

飞机下午从雷克雅未克国内机场起飞，很快就上升到了平稳的高度，机上的位子有一半是空的。除非政府介入大力补贴航空服务，否则这个航线会被取消。飞机因为目的地大雾延迟起飞，等天气状况良好飞机可以起飞时已经是下午两点了。机长用扩音器向乘客问候：他为飞机的延误道歉，告诉他们因为目的地多云、大风天气所以班机延误，并告诉大家到达的时间。那儿的天气是零下四度。他祝大家旅途愉快。

埃琳博格系好安全带，回想起几天前的那次航班。她觉得她能认出机长的声音。他们一大半的路程都是在云层中飞的，埃琳博格很喜欢太阳在她的左边。太阳躲在云层中，这在雷克雅未克阴暗的秋天很常见。

埃琳博格随身携带了案子的材料，看了一遍康拉德的供词。他站起来，发誓说他不想做任何变动。埃琳博格知道，人如果被拘留在审讯室，就会对其造成奇怪的、不可预知的影响。

"我想见我的女儿。"康拉德在供词上说，"如果不让我见她，我将不再回答任何问题。”

“这不可能！”警察说。埃琳博格觉得这可能是费努说的，他还警示他们说爱德华和莉娅之间可能有关联。

“她怎么样了？”康拉德问。

“我们认为她正处于崩溃的边缘，只是时间问题。”

埃琳博格面作苦相。康拉德总是问女儿的情况，埃琳博格认为警方正在实施一种简单的心理恐吓。

“她还好吗？”

“她很好。现在。”

“你们什么意思，现在？”

“我不知道。被关起来不是件享受的事儿。”

不一会儿，康拉德就放弃了所有的抵抗。他被质问是如何进入公寓的。许多问题被反反复复地问直到他招供为止。埃琳博格想象他在审讯室，坐直身体，叹着气：“我不能再这样继续下去了。我知道不该立刻离开。我应该在杀他后马上与你们联系，那么妮娜就不会白白地遭受这些。这是个愚蠢的错误，但我认为我是在正当防卫。”

“你是……”

“我杀了他。现在，别再烦妮娜了。是我！我很抱歉把她卷入我的谎言中。这是我的错！都是我的错！当我看到妮娜当时的样子，他对她做的事，我克制不了自己的愤怒。她给我打电话，告诉了我她的地址，那个男人家的地址。我接到她的求救电话后赶了过去。妮娜试着给我开了门。我走进去，首先看到的就是桌子上的一把刀。我以为他用刀威胁过妮娜。我不了解情况。妮娜当时正坐在地板上，一个半裸的男人站在她旁边。我以前没有见过他。我以为他要伤害我的女儿，所以我拿起刀，割开了他的喉咙。他没有看到我。我捡起我能找到的女儿的衣服，然后带她离开，通过花园，走到邻街上，到达车所在的位置。我在回家的路上，停下车，把刀丢进了海里。我不记得丢哪儿了。就是这样。这就是真相。”

警察那天早上审问了康拉德的妻子。如果他的招供是可信的，那她就是从犯。她确定他是和女儿一起回到车里的，但是她说不记得康拉德丢掉了杀人凶器。她像她的丈夫和女儿一样一直处于震惊状态，所以她不确定整个事件的正确顺序，即使她记起了发生的所有事。基于这一点，没有必要将她关押。

飞机有一点颠簸，当它下沉和振动时埃琳博格倒吸了一口气。她抓住扶手，她的文件散了一地。颠簸持续了几分钟。等一切恢复正常后，机长向乘客解释了飞机颠簸的原因并要求他们系好座椅上的安全带。埃琳博格捡起文件，重新排好序，放回文件袋。她不喜欢这些小的螺旋桨飞机。

她继续看供词。警察质问康拉德各种细节，他给出了明确答案。但是他没有回答埃琳博格最感兴趣的那个问题：在卢诺弗的尸体里怎么会出现氟硝安定？康拉德没有强迫他服药，妮娜也几乎不记得这些事了。

飞机在航道上降落。地面上铺着一层薄薄的雪，与景色的柔和色调形成了对比。埃琳博格知道两位警察在之前的那个小机场等她，准备带她去卢诺弗家所在的村庄。她仿佛回到了家里的厨房，看着泰迪疑惑的表情，并想着康拉德所说的和泰迪夹克上的油味之间的关联。

“什么？煤油？”泰迪问。

“康拉德说卢诺弗在烧什么东西，”埃琳博格说，“但是他什么也没烧。它不是康拉德闻到的煤油味。”

“怎么了？”泰迪问。

“我们找到康拉德后不久，他告诉我他在卢诺弗的公寓里闻到了煤油味。我们没有发现什么煤油——康拉德的描述很含糊。至少，我是这么认为的。我觉得他闻到的是像这种气味的味儿。或许这就足够了——毕竟，如果你把夹克丢在走廊里，那么到处都会有这股味儿。”

“然后呢？”泰迪问。

“这是一条非常重要的线索。”埃琳博格拿起电话，打给西于聚尔·奥利。

“供词是胡说。”她说。

“哦？”

“康拉德认为他正在做的事是对的，他想为女儿顶罪。但是我认为卢诺弗的死有蹊跷。”

“你什么意思？如果不是他们，还有谁？”

“我会进一步调查。”埃琳博格说，“我明天得见见康拉德，我确定他在撒谎。”

“请不要再把事情搅乱！”西于聚尔·奥利恳求道，“我刚祝贺你破了案。”

“那还言之过早。很抱歉！”她挂断电话，转向泰迪，“我明天能借你的夹克用一下吗？”

第二天一大早，她和康拉德坐在审讯室。他说他昨晚没有睡好。他看起来很疲惫，头发蓬乱，神情紧张。他没有回应埃琳博格的问候。和往常一样，他问起了妮娜。埃琳博格说她和以往一样。

“我认为你现在在撒谎。”埃琳博格说，“你之前一直在讲真话，但我们不相信你。同样，你女儿也是。我们不相信她。所以你决定承担所有罪名。你宁愿自己坐牢也不愿她坐牢。你已经年过半百了，而她还年轻，她的生活才刚开始。但是你的供词中有两个疑点我认为你没有说清楚。她没有按照你的故事版本进行。而且，你现在在撒谎。”

“你怎么知道的？”

“我就是知道。”埃琳博格说。

“你没打算相信我说的任何一句话。”

“哦，我相信—— 一部分。事实上，大部分，直到你说你去找卢诺弗。”

“妮娜没有杀人。”

“我不知道你是否还记得，但你告诉过我，当你走进卢诺弗公寓时闻到了一股像煤油气味的味儿。你以为他在烧东西。那儿也有烧焦的气味吗？”

“不，没有烧焦的味。”

“所以你只是闻到了油味儿？”

“是的。”

“你知道煤油味是怎样的味儿吗？”

“不是很清楚。反正闻起来是一股油味儿。”

“强烈的气味吗？”

“不，不强烈。更像是从隐蔽的地方飘出来的。”

埃琳博格拿起一塑料袋，拿出泰迪昨天穿的夹克，并把它放在桌上。

“我从来没有见过这件夹克。”康拉德主动说，好像不想再卷进什么麻烦中。

“我知道。”埃琳博格说，“请不要靠近，不要用力吸。你能闻到吗？”

“不能。”

埃琳博格拿起夹克，用力晃了晃，然后折好后放回袋中。她站起来，把袋子放在走廊里。她面对着康拉德坐下。“我知道这不是很科学，但是你现在能闻到什么味儿吗？”

“可以，”康拉德回答道，“我现在能闻到。”

“这是你说的在卢诺弗公寓里闻到的那种煤油味吗？”

康拉德深吸了两口。“是的！和我刚到卢诺弗公寓里时闻到的气味一模一样。”他说，“或许更淡一点。”

“你确定？”

“是的，肯定是。那夹克是什么？谁的夹克？”

“是我丈夫的。”埃琳博格说，“他是一名汽车修理工，一家汽车修理厂的合伙人。他的夹克整天都在汽车维修店的办公室里挂着，所以吸了很多润滑剂的气味。国内每个修理厂闻起来都一样。它黏附在上面很难去除。”

“润滑剂？”

“是的，润滑剂。”

“所以，它怎么了？”

“我不知道。我还不知道它有何意义，但是我们下次交谈之前请不要再做任何的供述。”

飞机刺耳的着陆声猛然将埃琳博格拉回到了现实。

# 29

在这个村庄同一旅店里，埃琳博格被安置在上次来时的那间客房。她安顿下来了。此时夜幕降临，她一点也不着急。从机场来的路上，她给在雷克雅未克的西于聚尔·奥利和参与调查的其他人打了电话，试着多收集一些关于卢诺弗家人的信息：他的母亲；他笑着死去的父亲；卢诺弗在村里的朋友以及他们的家庭。她的询问没有什么结果——不足为奇，因为所有的事情总是在最后一刻才有结果。如果她的直觉是对的，接下来几天她会了解很多事情。

旅店女老板立即认出了她。她很诧异她又回到村里，并不再试着隐藏她的好奇心："你这么快回来是因为什么特别的事情吗？"她带埃琳博格去她房间时问了她，"我觉得这不仅仅是社交拜访，是吗？"

"我好像记得有人说过这里不曾发生什么事。"埃琳博格说。

"是的，这是实话。不怎么发生。"女人回答。

"别担心我！"埃琳博格说。她走到村里唯一的餐馆，坐下，再次点了一份鱼。这次只有她一位顾客。无处不在的劳嘉一言不发地拿着她点好的菜单，走进厨房。要么她不记得埃琳博格，要么她不想交谈。埃琳博格上一次来时她很健谈。不久，她又出来了，把一盘鱼端到桌上。

“谢谢！”埃琳博格说，“我不知道你还记不记得我。我之前来过这儿。你的鱼很好吃。”

“我用的都是新鲜的鱼。”劳嘉说，她没有回答她是否记得埃琳博格，“谢谢！”她正准备回厨房，但是埃琳博格拦住了她。

“上次，我在这儿遇见一个在买光碟的女孩。”埃琳博格说着，指着门边的壁龛，“你觉得我在哪里能找到她？”

“村里剩下的女孩不多了。”劳嘉说，“但是不知道你说的是谁。”

“她大概 20 岁，金色头发，脸很小——很漂亮，很苗条，穿着一件蓝色的派克大衣。我觉得她经常来这儿。这是村里唯一一个租碟的地方，不是吗？”

劳嘉没有立刻回答。

“如果你可以……我会很感激的。”埃琳博格继续说。

但是劳嘉打断她：“你知道她的名字吗？”

“不知道。”

“我不认识她。”劳嘉耸耸肩说，“她可能是从隔壁峡湾来的吧。”

“我只是希望你能帮助我。别介意！”埃琳博格说完，开始吃鱼。鱼很好吃，煎得正好，很新鲜，调味也很好。劳嘉很会做菜。埃琳博格认为劳嘉的天赋在这个荒凉的地方浪费了。她对此地深感歉意。她知道她对城市之外的生活有偏见。她应该这样想，这里的村民很幸运身边有位如此出色的厨师。

埃琳博格悠闲地吃着。至于甜点，她点了一块现烤的巧克力蛋糕，还点了一杯很好喝的咖啡。

三个十来岁的青少年—— 一女二男——进来看电视。其中一人打开了柜台上的大电视机，选了一个体育频道。他把音量开得很高，劳嘉走过去请他把音量关小些。他立刻调小了。

“告诉你妈妈我明天下午去理发。”她对另一个小男孩说，他点点头。他看了看埃琳博格，埃琳博格对他笑了笑，但他没回应。女孩坐下来看球赛，不一会儿，三个孩子都在看电视。埃琳博格笑了笑。她想着是否要在咖啡里兑点儿酒，她想把自己灌醉。她觉得明天会是艰难的一天。

最后，埃琳博格站起来，在柜台前买了单。劳嘉收款时一言不发。埃琳博格知道几个孩子一直在观察着她的一举一动。她感谢了劳嘉，并和孩子们友好地道了声晚安。只有女孩点了点头。

埃琳博格边思考案件，边往旅店走。她正想着明天该如何问话时，突然看见一个穿着蓝色派克大衣、一头金发的年轻女孩，她沿着人行道的一边走得很快。埃琳博格停下脚步，她不确定是否是同一个人。她大声叫她。女孩停了下来，朝埃琳博格的方向看了看。“喂！”埃琳博格挥着手叫道。

她们站在马路的两侧。

“你不记得我了吗？”埃琳博格大声说。

女孩看着她。

“我刚想问你点事儿。”埃琳博格说着，朝马路对面走。

女孩后退了几步，然后大步走了起来。埃琳博格穿过街道，但是女孩突然跑了起来。埃琳博格追着她，叫她停下，但是她似乎跑得更快了。

穿着平底鞋的埃琳博格竭尽全力去追她，但是她没有年轻女孩那么矫健，很快就被甩开了。最后，她放慢到了平时的速度，并看着女孩在两栋楼之间不见了。

埃琳博格转身朝旅店走去。这真不可思议！为什么这个女孩现在不和她说话了？她之前很愿意帮忙的。她为什么跑呢？埃琳博格确定劳嘉认识埃琳博格说的这个女孩。劳嘉不愿说肯定有原因。她们在隐藏什么？还是埃琳博格一直被太多假象所误导？或许是这个村庄正在影响她，它还是像以前一样黑暗、寂静、与世隔绝。

她有这个旅店前门和自己房间的钥匙，所以没有必要打扰任何人。她给泰迪打了个电话，泰迪告诉她家里一切都好，还像平时一样问她何时回家。她说不知道。他们互道晚安，埃琳博格拿着一本书躺了下来，这是一本关于东方食谱及其与东方哲学关系的书。

她看着看着就有点困了，这时她听到有人轻叩窗户。这声音一直持续响着，她起床，走到窗边，小心地拉开窗帘，望向漆黑的夜里。她的房间是在这栋建筑后面的一层。刚开始，她什么也看不到，但之后她看到一个人站在夜色里。她看到了一个穿蓝色派克大衣的女孩。

女孩示意了一下，然后消失在夜色里。埃琳博格转身，迅速穿上衣服，走了出去，悄悄地关上身后的房门，以免吵醒楼上的其他房客。她几乎什么也看不见。她在她房间窗户的前面走来走去，但没有看见那个穿蓝色派克大衣的女孩。她不敢大声叫她。女孩的行为表明：无论如何，她不想被人看见。她对和这位从城里来的侦探扯上关系感到很紧张。

埃琳博格正要放弃寻找准备回屋时，突然注意到了马路上的影动。路灯很少。她走近一看，那个女孩在等她。埃琳博格赶紧跑了过去，想跟上她。女孩跑了一小截路，然后停下来，回头看看。埃琳博格停住了。她不想再玩一次追赶游戏。女孩慢慢走近，埃琳博格也迎向她，但是这个女孩再一次转身跑开，跑得更远了。埃琳博格最后意识到她要她跟上，但要保持一定的距离。她按照女孩的意思做了，以一定的距离跟着她。

天气很冷。刺骨的北风直往衣服里钻，且风力越来越大。两人迎风而走。埃琳博格眉头紧皱，并把身上的大衣裹得更紧了。她们沿着海边走，经过一排村中心的房子，然后一直往北走。埃琳博格不知道她们到底走了多远，也不知道女孩要带她去哪儿。

现在，她们远离海岸了。埃琳博格沿着村外的马路一直走，经过一栋大楼，她觉得这肯定是社区中心。入口处亮着一盏灯。在黑夜中，她听到了附近河流的咆哮声，然后她们过了桥。她看不见女孩了。月亮高高挂在天边。埃琳博格冷得打哆嗦，风越刮越猛，现在变成了狂风。

突然，她看见前方有一束光。女孩在马路对面站着，打开了一个手电筒。

“这样真的有必要吗？”埃琳博格气喘吁吁地说，“你不能直接告诉我你想说的吗？已经半夜了，我快冻僵了。”

女孩没有看埃琳博格，沿着马路跑向海边。埃琳博格跟着。黑暗中她走到齐腰高的一堵墙边，然后女孩打开门。门咯吱响了一声。

“我们在哪儿？”埃琳博格问，“你要带我去哪儿？”

不一会儿，她就知道了。她们沿着一条狭长小道，经过一棵大树。在手电筒的照射下，埃琳博格走了几步来到一栋建筑前。她不知道这是什么。女孩转向右边，走到一个小坡上。埃琳博格看到了一个白色的十字架，接着看到了一块琢石下沉到泥土里。她看到上面刻有字。

“这是墓地吗？”埃琳博格小声说。

女孩没有回答，一直走到一个木头做的白色十字架前。正中间是一个匾，上面是用小写字母写的一句铭文，坟墓上放着一束鲜花。

“这是谁的墓？”埃琳博格问，想借手电筒微弱的光破译墓碑上刻的字。

“几天前是她的生日。”女孩小声说。

埃琳博格盯着立碑人的名字。手电筒灭了。她听到脚步声越来越远，意识到自己独自被留在了墓地。

# 30

埃琳博格翻来覆去睡不着，休息几小时后她很早就起床了。昨晚，风停了，开始下起了小雪。她不知道是否还能再见到那个女孩，而且她为什么要带她去墓地。埃琳博格试图看懂墓碑上的刻字：它是个女人的名字。她思考着这个墓里的女人是谁，有人最近来给她送过花，泥土里埋藏着一个怎样的故事，这是个谜。

她一上午都待在房间里，给警局打了个电话，并为今天做好准备。她漫步到那个餐馆时刚到下午。虽然刚过了午餐时间，但是还有顾客逗留在店里。劳嘉请人在厨房帮忙。埃琳博格要了一份培根、一个鸡蛋，还有一杯咖啡。她觉得其他客人正怀疑地看着她，好像她是个不速之客，但是她假装没有看见。她放松下来，悠闲地享受着午餐，点了第二杯咖啡，并观察着周围的情况。

劳嘉取走埃琳博格的空盘子，擦了擦桌子。“你打算什么时候回去？”她问。

“得看情况。村民们肯定能提供一些信息，即使这里什么也没有发生过。”埃琳博格说。

“不，我不这么认为，”劳嘉说，“我听说你昨晚都在外面。”

“真的？”

“村里谣传的。”劳嘉解释说，“这里有很多谣言。你不该相信在这里听到的任何谣言。我希望你不要去相信那些谣言。”

“嗯，我没打算相信那些。”埃琳博格说，“今天可能要下雪，你知道吗？”她看着窗外。她不喜欢阴暗的天空。

“天气预报是这么说的。”劳嘉说，“今晚可能有暴风雪。”

埃琳博格站了起来。此刻她是店里唯一的顾客。

“追溯过去对任何人都没有好处，一切都已经结束了。”劳嘉继续说。

“说到过去，”埃琳博格说，“你肯定知道村里有一个叫阿黛尔海迪尔的女孩吧？她两年前死了。”

劳嘉犹豫了。“是的，我知道她。”她最后说。

“她是怎么死的？”

“她是怎么死的？”劳嘉重复她的话说，“我不打算谈这个。”

“为什么不？”

“我只是不想说。”

“你能帮我找一个她的朋友或者家人吗？一个我可以问话的人？”

“这我不能帮你。我经营这家餐馆。这是我的工作。而讲故事给陌生人听不是我的工作。”

“谢谢！”埃琳博格说。她走到门边，拉开门。劳嘉站在餐馆中央，看着她离开，好像有话要对她说。

“如果你赶紧回雷克雅未克并且永远不再回来，你就是帮我们了。”劳嘉说。

“如果我这样做，到底是帮了谁？”

“我们所有人。”劳嘉说，“这里没你的事。”

“这可说不准！”埃琳博格说，“谢谢你的食物。你的厨艺很棒！”

在去墓地的途中，埃琳博格决定去拜访一个人。她走向卢诺弗母亲的家，并按了按门铃。她听到屋内有很小的门铃声，然后门开了。克里斯塔娜立刻认出了她，请她进屋。

“你怎么回来了？”她问，在和上次来时同一张椅子上坐了下来。“你来这里干什么？”

“我在找答案。”埃琳博格说。

“我不知道你在找什么，但这里没有你要找的东西。”克里斯塔娜说，“这是一个极坏的地方。这是一个坏透了的地方。我要是有勇气，早就离开了。”

“这难道不是一个宜居之地吗？”

“宜居之地？”克里斯塔娜问。她用纸巾擦了擦嘴，准备绕着手指卷起来。“别听那些人胡说。”

“他们胡说什么了？”埃琳博格想起劳嘉说的谣言。

“一切。”克里斯塔娜说，“我告诉你，这里住着很多人渣。他们总是诽谤好人。你听过他们诽谤我吗？我确定他们正在胡说关于我可怜的卢诺弗的事。他们喜欢那样。但是你别信他们说的，什么话也别信。”

“我才刚来这里。”埃琳博格回答。克里斯塔娜的举止和上次不同，比上次见面时更暴躁了。埃琳博格不打算谈论克里斯塔娜丈夫的死，因为她觉得她还不清楚那次车祸的真相。

但是她想问她另一件事。埃琳博格思考了一下问话的最佳方式。“我只听说了一件事，”她说，“他受到很严格的抚育。也就是说，你对你儿子很严格。”

“严格？对卢诺弗？哈！一派胡言！那家伙胡说八道。谁说的这话？”

“我不记得了。”埃琳博格说。

“对卢诺弗很严格！他们当然会这么说——那些人渣，他们把自己的孩子都养成了流氓。流氓！几天前，他们还弄坏了我的一个窗户。没有人承认。我知道是谁干的。我找他们父母讲理，但是他们不听。现在大家都不尊重长辈了。”

“这么说，你对他很严格？”埃琳博格说。

克里斯塔娜猛地瞥了她一眼。“你在责怪是我让他变成那样了吗？”

“我不知道他变成什么样了。”埃琳博格说，“或许你可以告诉我。”

克里斯塔娜沉默不语，用纸巾擦了擦嘴，然后绕着手指卷了起来。“不要相信村民告诉你的，什么也别信！”她说，“你找到凶手了吗？”

“没有，恐怕还没有。”埃琳博格说。

“我在新闻里看到你们抓了一些人。”

“对。”

“你是来这里告诉我这个的？”

“不，实际上，不是的。我是想问你，你觉得这里有谁可能伤害你儿子？”

“你上次已经问过我了——他在这里有没有和谁结下仇。我觉得没有。但如果他真像你认为的那种恶魔，那我就不知道了。”

“我还想问你他交往过的女人。”埃琳博格小心翼翼地问。

“哦，我对他交往过的女人都不了解。”克里斯塔娜说。

“我想问你一个女人。她之前住在这里。她叫阿黛尔海迪尔。”

“阿黛尔海迪尔？”

“是的。”

“我知道她，但我和她不熟。她哥哥经营着一家汽车维修店。”

“一家汽车维修店？”

“你是说，她是瓦尔迪姆的姐姐？”

“是的。其实是同母异父的姐姐。他们的母亲就是个妓女，以前常常和水兵们厮混。他们还给她起了个绰号，但是我不记得了。反正是个很粗俗的名字。她有两个孩子，都是私生子。两个小浑蛋。她还嗜酒。她很年轻时就死了。但她是个干活能手。以前我和她在鱼类加工厂里上班，她是个工作很卖力的人。”

“你儿子认识她吗？他认识阿黛尔海迪尔吗？”

“卢诺弗吗？嗯。他们年龄一样大，一起上学。我只在厂里见过她，当时她和她妈妈一起来，一直都在哭鼻子。她身体不好，很单薄。”

“卢诺弗和她关系好吗？”

“关系——你指什么？”

埃琳博格犹豫了。“他们仅仅只是普通朋友吗？他们之间有没有其他关系？”

“没有。你为什么问这个？卢诺弗从来没有带女孩回家过。”

“他认识村里别的女孩吗？”

“不，不怎么认识。”

“我听说阿黛尔海迪尔几年前死了？”

“她自杀了。”克里斯塔娜困惑地说，用手拨了拨她的白发。埃琳博格想知道她年轻时是不是深褐色头发、棕色眼睛。这不是没有可能。

“谁？阿黛尔海迪尔？”

“是的。他们在海边发现了她的尸体，并将她埋在了墓地。”克里斯塔娜沉闷地说，“她在海里溺水死的。”

“她自杀的？”

“是的，看上去是那样。”

“你知道为什么吗？”

“为什么？这个女孩为什么要自杀？不知道。我觉得她不开心，可怜的人。她肯定是不开心，所以才那样做了。”

# 31

在白天，埃琳博格可以更清楚地知道墓地所在的位置，它在村庄的北部，靠海。被低低的石头墙围了起来，这墙急需修葺，有好几处都倒塌了，还有几处被高高的冬天的枯草所遮蔽。墓园的尽头是一座别致的木头盖的小教堂，白墙红顶。

小门微开着。

埃琳博格很容易就找到了这个十字架，它的周围都是低矮的、苔藓覆盖的墓碑，立在冰冷的地面上，上面的碑文已看不清楚；其他的墓碑矗立在杂草中间，以抵御恶劣天气。在墓碑之间还有些做工简单的木头十字架，就像阿黛尔海迪尔安息地所矗立的十字架一样。

这个十字架上没有任何装饰，只有一块黑色的小匾，上面写着阿黛尔海迪尔的名字、出生日期、死亡日期，以及一句愿死者安息的铭文。埃琳博格注意到，阿黛尔海迪尔生日那天正好是卢诺弗遇害那天。

她抬起头。天空多云无风，海面平静无浪。她面朝峡湾，望向大海，直到远处的地平线，感受着内心的平和。红翼鸫的叫声打破了这种宁静，它们栖息在教堂钟楼上，准备飞向远方的群山。

埃琳博格意识到她不是一个人。她抬头看向马路，看到一个穿着蓝色派克大衣的女孩站在不远处看着她。她们看着对方，没有说话，站了一会儿，然后女孩朝墓地走来，然后翻过墙。

“这儿很漂亮！”埃琳博格说。

“是的！”女孩表示赞同，“这是村里最美的地方。”

“他们选择这里作为墓地就证实了这一点。”埃琳博格说。“顺便说一句，谢谢你昨晚把我一个人丢在这里。”她补充道。

“很抱歉！”女孩说，“我不清楚自己该做什么。我现在仍不清楚自己在做什么。当你回来这里……”

“你知道我回来这里了？”

“这不奇怪。我希望你回来。而且我一直在等你。”

“请告诉我，你在担心什么。我知道你有话要对我说。”

“我知道你去找了克里斯塔娜。”

“你们都知道得好多呀！”

“我没打算暗中监视你。我只是看到了。她知道发生的一切。她告诉你了吗？”

“发生了什么？”

“大家都知道。”

“知道什么？你是谁？先告诉我，你叫什么名字？”

“我叫瓦拉。”

“你为什么一直有顾虑，瓦拉？”

“我想这里的大多数人都知道发生了什么，但是大家都不说。我也不想说——我也不想给他招来麻烦。所以……我不知道是否该告诉你。沉默让人很煎熬。我无法忍受了。”

“为什么你不告诉我所有的事呢？然后我们再看事情会成什么样。你在害怕什么？”

“这里没有人会说的，”瓦拉说，“我也不想给任何人招来麻烦。”

“什么事？给谁招来麻烦？”

“每个人都守口如瓶，假装什么也没有发生，像是这里什么也没有发生。一切都像花园里的玫瑰般美好。”

“难道不是吗？”

“嗯，不是。”

“那它像什么？你昨晚为什么带我来这里？”

女孩没有回答。

“你想要我做什么？”埃琳博格问。

“我不是告密者。我也不想在背后说村民们的坏话。而且我也不想说已经去世的人的坏话。”

“没有人会知道我们的谈话。”埃琳博格向她保证。

突然，瓦拉转变话题。“你当警察很久了吗？”

“是的，很久了。”

“这是很危险的工作。”

“嗯，有时是，像你带我到这种神秘的小地方会有点危险。但也有好一些的时候。比如，当我遇到了像你一样的女孩时，我觉得我可以为她做些什么。你不想说哪个已经去世的人的坏话？”

“我中学都没毕业，”女孩避开那一问题说，“有一天，我可能回到学校，完成课业，然后上大学。我想要学点东西。”

“谁是阿黛尔海迪尔？”埃琳博格指了指墓前的白色十字架。

“那事发生时我还是个小女孩。”

“发生了什么事？”

“那时我可能才八岁，但我到了十二三岁才听人说起那事。各种谣言四起。我记得他们似乎非常伤心但又很兴奋，很奇怪。他们说她疯了。他们说她得病了，某种精神病。她只能干兼职，帮弟弟做饭和打扫卫生。她很神秘，不和人打交道，不和人说话，不关心村里发生的事，与外界脱节，自闭。她几乎只和他弟弟联系。她生病后是她弟弟在悉心照顾她。不管怎样，我也以为她病了。那时我还小，大人是那样说的。他们说可怜的阿黛身体不好。她比我大十二岁，看上去像一个成熟的女人。她的生日和我的很接近，前后相差五天。当时她的年龄和我现在一样大。”

“你了解她吗？”

“是的，我们一起在这里的鱼类加工厂工作过。当然，正如我所说的，她的年龄大我很多，而且她让人很难了解，很拘谨。我听说她一直都那样，有点奇怪。她是个独来独往的人，他们也不理她。他们说她很神经质。没人在乎。我想，就是因为如此她才容易受到伤害。”

瓦拉深吸了一口气。埃琳博格感受到了这个女孩的悲伤。“之后，等我长大了些，我又听说了些关于阿黛以及发生在她身上的其他事。有些人知道但是什么也没说。他们觉得难以置信，或是很尴尬，很羞耻。几年后，全村人都知道了。我想，现在每个人都知道了事实的真相。我不知道谣言是从什么时候开始的，因为阿黛什么也没有说。她从来没有提出任何控告。或许是他喝醉了自夸的。或许他为自己的行为感到骄傲。不知怎么的，我猜他没觉得后悔。”

瓦拉沉默了。埃琳博格耐心地等着她往下说。

“阿黛从来没有告诉任何人真相，可能后来告诉她弟弟了。我想，他那时肯定也听说了那些谣言。她一直生活在羞耻中。我知道有很多像她这样的女人。大部分都需要特殊治疗。她们很自责。她们很愤怒，然后她们自杀了。”

“发生了什么事？”

“他强奸了阿黛。”瓦拉注视着十字架说，“谣言逐渐传开了，大家都知道她被强奸了，也知道强奸犯是谁，但是她什么也不说，没有人被起诉，没有人被审判，也没有人伸出手帮她一把。”瓦拉说。

“谁干的？”埃琳博格问，“谁强奸了她？”

“我确定克里斯塔娜知道这件事。大家都知道是她儿子干的。她一直否认。她在这里生活得很不易。孩子们取笑她，砸她的窗户。”

“你是说卢诺弗吗？”

“是的。他强奸了阿黛——她一直没有恢复过来。他们发现她溺死在这海里，就在这个墓地下面。她漂流而下到这里，她的安息之地。”

“卢诺弗呢？”

“这里的人都知道是谁杀了他。”

埃琳博格看着瓦拉好一会儿。她的脑海里浮现了一位老人突然转向迎面而来的车辆——看着大货车朝他冲过来，他会心地笑了。

# 32

回到旅店，埃琳博格在自己的房间里工作了几小时，这里成了她的临时办公室。她给雷克雅未克警局打了几个电话来获取更多信息。她还给西于聚尔·奥利打了个电话，商量了一下他们接下来的行动计划。加派人手来这里需要一些时间。西于聚尔·奥利强烈要求埃琳博格在增援到达之前不要有进一步的行动。她请他不要担心。康拉德和妮娜还被关押着，埃琳博格对于康拉德再一次更改证词并不感到惊讶：他现在否认杀了卢诺弗，并坚称女儿妮娜是无辜的。

埃琳博格离开旅店时已经是晚上了。她穿过主干道，朝港湾走去——和她第一次的拜访路线完全一样。汽车维修店在村庄的北部，她朝着那个方向走去。天气预报说会下雪，但是她希望不要被风雪困在这里。她抬头看了看门上方的门牌，现在她确定那是被枪扫过的洞眼。瓦拉告诉她，几年前，瓦尔迪姆喝醉的时候朝着自己的门牌开过枪。

埃琳博格走进接待区。一切照旧，而且埃琳博格觉得这一切自从维修店第一天开业起可能就没变过。柜台后面的墙上挂着一幅有美女画像的日历，是一个几近全裸的女郎。日历上显示的时间是 1998 年。日子一天天过去了，这里没有任何改变。时间在这里静止。眼前的一切——柜台、旧皮椅、台式计算器、订货簿——蒙上了一层薄薄的污垢，这层污垢来自车辆引擎、零部件、润滑剂和轮胎。

埃琳博格朝店里问了一声，但没人回应。她谨慎地走进车间，那辆弗格森拖拉机仍在原处。正如埃琳博格上次拜访时一样，车间里没有其他车辆。墙上有两个打开着的工具柜。

“我听说你回来了。”一个声音说。

埃琳博格慢慢转过身来。“你肯定预料到了我会回来。”她说。

瓦尔迪姆站在她身后，穿着一件方格衬衣和破旧的夹克。手里拿着一套工作服，正准备穿上。“你一个人来的，是吗？”他问。

瓦尔迪姆肯定知道埃琳博格是一个人来的。但是他的语气中没有威胁，只有信任而非恐惧。

“是的！”埃琳博格毫不犹豫地回答道。当他披上外套，胳膊钻进袖子里时，瓦尔迪姆让她想起了她的丈夫泰迪。

“我住在楼上。”瓦尔迪姆指了指天花板说道，“我活儿不多，所以打了个盹。现在几点了？”

埃琳博格告诉了他时间。她没觉察到有什么危险。瓦尔迪姆很镇定，也很礼貌。

“所以你不用走很远的路去上班。”她说着，笑了笑。

“这很方便！”瓦尔迪姆说。

“我去墓地看过了。”埃琳博格说，“我看到你姐姐的墓了。我听说她两年前自杀了？”

“你曾在像这种小地方生活过吗？”瓦尔迪姆问。他靠近埃琳博格，将她逼向其中一个工具柜。

“没有，从来没有。”

“他们很奇怪。”

“我想也是。”

“像你这样的外地人很难真正理解它是什么样的。”

“嗯，我觉得我们理解不了。”

“我生活在这里，但我自己都很难理解它。即使我给你解释，那也只是事实的一部分。而那部分事实会被加油站的海蒂当作一种谎言。即使你跟这里的每一个人交流，并花二十年来做这件事，你也只能对生活在这其中一个村里是什么样的有一个粗略了解：人们的思维方式、社区间的关系、人与人的关系，并与他们保持距离。我一直都生活在这里，仍有很多不理解的地方。但是这里是我的家乡。即使你的朋友可能突然就成了你最大的敌人。每个人都有自己的秘密，带进坟墓的那种。”

“我不知道……”

“你不知道我在说什么，是吗？”

“我相信我知道发生的一些事。”

“他们知道你在我这儿。”瓦尔迪姆说，“他们知道你为什么回来。他们知道你过来找我。他们都知道我干的事，但是什么也没说。他们什么也没说。这不算坏，对不对？”

埃琳博格沉默了。

“阿黛是我同母异父的姐姐，比我大四岁。我们的感情很好。我从来没有见过我父亲——我不知道他是谁，也不想知道。我姐姐的父亲是一位挪威水兵，他来这儿逗留了很长时间，偶然结识了我们的母亲。村里人不太喜欢我母亲。很久之后我才知道母亲是受鄙夷的人。因为你被嘲笑了，所以才逐渐地弄清真相。否则，你永远都稀里糊涂。对我们来说，她是个好母亲，我们没什么可抱怨的——虽然会有来自社会服务人员的奇怪的探望，是一些拿着公文包的陌生访客，不像其他人一样，他们帮我和姐姐做检查，还会问一些很傻的问题。他们从来没有发现什么错误，因为我母亲虽然存在一些问题但她是个好女人。她在鱼类加工厂靠自己的劳动挣钱养家，尽管贫穷但是我们也能勉强对付过去。我的母亲和她的两个杂种——他们是这样叫我们的——成了我们在村里的特定称呼。我不应该告诉你这个。为此，我打了三架，有一次把胳膊都打断了。然后她死了，而且非常安详。她就埋在墓地里，紧邻她的女儿。”

“你的姐姐不是平静地死去的？”埃琳博格问。

“谁告诉你的？”

“这不重要。”

“这里也有好人。不要误会我！”

“我知道。”埃琳博格说。

“阿黛什么也没告诉我。直到太迟了。”瓦尔迪姆表情严肃地说。他抓起放在拖拉机前轮上的一个大扳手，在手里晃了晃。“这是其中一件事。她关上门。他强奸她时她正一个人。我们当时缺钱，所以我去了渔船上工作，而且一出海就是几周。我刚走就出事了。”

瓦尔迪姆沉默了。他向前弓着背，用扳手轻轻地在另一只手上敲打着。“她一直没告诉我，也没告诉任何人。但是当我回来时她仿佛变了个人。她变得难以捉摸。她不让我接近她。我不知道发生了什么事，毕竟那时我才 16 岁。她几乎不出门，整天把自己锁在家里，也不去见她两个最好的朋友。我叫她去看医生，但是她不去。她让我别管她，她说她自己会好的。她没有说什么会好的。她确实慢慢恢复了些。大概用了一两年时间。但是她没有完全恢复：她总是很害怕。有时她会无缘无故地发怒。有时她只是坐在那里哭。她很绝望，也很焦虑。我算是对这种事深有体会了，因为她就是一个典型案例。”

“发生了什么事？”

“她被村里一个男人强奸了，方式很恐怖。她不能亲口告诉我，也不能告诉别人，那个畜生到底对她做了什么。”

“是卢诺弗吗？”

“是的。村里有舞会。他引诱阿黛和他一起去社区中心附近的河边。她也没多想——她和他很熟。他们上学期间一直都是同学。我敢肯定他认为她很容易到手。他强奸了她之后回到舞会继续玩，好像什么都没有发生似的。但是他告诉了他的一个朋友，所以这件事才得以在整个村里逐渐传开。只有我不知道。从来没有人告诉我。”

“所以这就是事情的开端了。”埃琳博格自己嘟哝着。

“你清楚他强奸过其他女人吗？”瓦尔迪姆问。

“还有我们正在关押的那个女人。其他的还不清楚。”

“或许有很多和阿黛一样的受害者。”瓦尔迪姆说，“他威胁说如果她说出去的话，就要杀了她。”瓦尔迪姆停止用扳手敲打手，抬头，看着埃琳博格，“这么多年来，她一直很伤心。时间也没法抚平她内心的伤痛。”

“我相信。”埃琳博格说。

“等她告诉我实情时，为时已晚。”

*

当阿黛说出实情后，姐弟俩在店上面的房间里坐了很久。瓦尔迪姆握着姐姐的手，并抚摸着她的头发。她给弟弟讲这件事时，他一直坐在她身边，她越来越说不下去，而且越说越令人觉得心碎。

“这太难了！”她小声说，“我想要放弃了。”

“你为什么不告诉我？”瓦尔迪姆目瞪口呆，“为什么你之前不说？我可以帮你。”

“你能做什么，瓦尔迪姆？你还这么年轻。我自己也不是小孩子了。我该怎么做呢？谁能来帮我们对付那禽兽呢？他坐几个月的牢又能怎样呢？强奸不是重罪，瓦尔迪姆。我们不能把这个男人怎么样。你知道我是对的。”

“但你这段时间是怎么守口如瓶的呢？”

“我尽最大努力来承受。现在比之前好多了。你对我真好，瓦尔迪姆。我想，这个世界上再也找不到比你更好的弟弟了。”

“卢诺弗！”瓦尔迪姆咕哝道。

他姐姐转向他。“别做傻事，瓦尔迪姆！我不希望你发生什么不好的事。否则，我将永远不会告诉你这些。”

*

“她放弃的前一天才告诉我真相。”瓦尔迪姆说着，看了一眼埃琳博格。“我让她静一静。我没有意识到他对她造成的伤害竟然如此深。那晚，他们在墓地附近的海岸发现了她的尸体。卢诺弗强奸我姐姐后不久就搬去了雷克雅未克，他很少回来。”

“你需要有人给你些建议。你必须跟律师谈谈。”埃琳博格说，“请别再说了！”

“我不需要什么律师！”瓦尔迪姆说，“我要的是公正。我去见他，我发现他还在干那种事。”

# 33

药效比卢诺弗预期的要快，妮娜在去辛霍特街卢诺弗家的路上一直靠着他。她看上去受药的影响很大。她紧贴着他，在最后几个台阶，他半拖着她。他们没有从前门走，只能从后花园进，因为他不希望有人注意到他。当他们进来时，他没有开灯，他把她轻轻地放在客厅的沙发上。

他关上门，走进厨房，点上蜡烛，把它们放进卧室里，然后在客厅又点亮了两根。他脱下夹克。烛光把公寓里照得阴森恐怖。他觉得口渴。他喝了一大杯水，播放几首他最喜欢的电影歌曲。他弯腰靠向妮娜，脱下她的披肩，把它卷起来，扔进卧室，然后脱下她带有“圣弗朗西斯科”英文字样的T恤。她没有戴胸罩。

卢诺弗把她扛进卧室，然后脱去她剩余的衣服，自己也脱光。她没有意识。他挤进她的T恤，低头看着她一动不动的裸体。他笑了笑，撕开避孕套包装的一角。

他满脑子想的都是这个年轻的女人。

他躺在她一动不动的身体上方，抚摸她的乳房，把他的舌头伸进她毫无回应的嘴里。

大约半小时后，他离开卧室，换了一首歌曲。他静静地选了一首电影主题歌曲，并把音量稍微调高了些。

*

当卢诺弗准备返回到卧室的时候，突然传来一阵敲门声。他朝门看了看，不相信自己听到的。自从他搬来辛霍特街后，一群饮酒狂欢者喝了一晚上的酒后在从市中心回来的路上乱敲他的门，这种情况发生过两次。他们要么是忘记地址，要么是迷路了，他只得通过应门来将他们打发走。他站在客厅里，瞥了一眼卧室，然后再看了看门。敲门声一直持续着，这次更响了。这位访客很执着。在这样的一个晚上，访客一直叫着西加，他想这个叫西加的人可能之前住在这里。

卢诺弗迅速穿上他的夹克，半开着卧室门，然后小心翼翼地打开前门，往外面看。没有走廊灯，他只能模糊地看到门口台阶处站着一个人影。

“什么——？”他开始，但没说完。一个男人猛推开门，闯进公寓，然后迅速地关上身后的门。

卢诺弗很震惊，以至于没来得及阻止这种私闯行为。

“你是一个人吗？”瓦尔迪姆问。

卢诺弗立刻认出了他。“是你？”他问，“你怎么……你想干什么？”

“家里有人吗？”瓦尔迪姆问。

“滚出去！”卢诺弗小声说。

他看见瓦尔迪姆的一只手里握着剃须刀的柄，一瞬间，刀片的亮光闪现。瓦尔迪姆立刻用手掐住卢诺弗的喉咙，把他推到墙上，把刀抵着他的皮肤。瓦尔迪姆更高更壮。卢诺弗吓瘫了。瓦尔迪姆扫了一眼屋内，透过半开的房门看见了躺在床上的妮娜的脚。“谁在这儿？”他问。

“我女朋友。”卢诺弗结结巴巴地说。瓦尔迪姆紧紧地掐住他的喉咙，使他几乎说不出话来。他觉得他的脖子被钳子夹着，几乎不能呼吸了。

“女朋友？让她出去。”

“她在睡觉。”

“把她叫醒。”

“我……我叫不醒。”卢诺弗说。

“喂，你！”瓦尔迪姆朝卧室里大喊，“你能听到我说话吗？”

妮娜没有反应。

“她怎么不回答？”

“她睡着了。”

“睡着了？”

瓦尔迪姆快速地转身，站到他的身后，但仍用剃须刀抵着他的喉咙，另一只手抓着他的头发。推着前面的卢诺弗，他把门踢得全开。

“只要我想，我随时都可以割开你的喉咙。”他在卢诺弗耳边小声说。他用脚碰了碰妮娜，但是她没有反应。“她怎么了？她怎么不醒？”

“她刚睡着。”卢诺弗抗议道。

瓦尔迪姆在他喉咙处的皮肤上划了一道小口子，这让他疼得厉害。

“请别伤害我！”卢诺弗乞求道。

“没人会睡得那么死。她吃药了？你给她吃什么了吗？”

“别割我！”卢诺弗呜咽道。

“你给她吃什么了吗？”

卢诺弗没有回答。

“你给她下药了？”

“她……”

“药在哪儿？”

“别再割我。药在我的口袋里，在其他房间。”

“拿过来！”瓦尔迪姆架着卢诺弗，返回到客厅。

“你还干这种事！”他说。

“她喜欢这样。”

“像对我姐姐一样！”瓦尔迪姆吼道，“她说了要吃吗？要你强奸她，你这个禽兽？”

“我不知道她对你说什么了……”卢诺弗喘气道，“我不知道……我很抱歉，我……”

卢诺弗从夹克口袋里拿出药，把它们递给了瓦尔迪姆。

“这些是什么？”瓦尔迪姆问。

“我不知道。”卢诺弗吓得声音都在颤抖。

“这些是什么？”

瓦尔迪姆又划开了一点卢诺弗的喉咙。

“氟……氟硝安定。”卢诺弗呻吟道，“这是一种安眠药。”

“你是说一种迷奸药？”

卢诺弗沉默了。

“吞了它们！”瓦尔迪姆说。

“不要……”

“吞了它们！”瓦尔迪姆吼道，又划了一刀。血从卢诺弗的脖子上流了下来。他把一粒药放进嘴里。

“再吞一粒！”瓦尔迪姆命令道。

卢诺弗满脸流泪。“你……你要干什么？”他又吞下一粒。

“再吞一粒！”

卢诺弗放弃反抗，又吞下一粒。“别杀我！”他乞求道。

“闭嘴！”

“如果吃太多，我会死的。”

“把牛仔裤脱了。”

“瓦尔迪姆，求你了……”

“脱了！”瓦尔迪姆在卢诺弗的脖子上又割了一小刀。他痛得直哭。他解开牛仔裤上的扣子，脱到脚踝。“感觉怎样？”瓦尔迪姆问。

“感觉？”

“什么感觉怎样？”

“什么……”

“被强奸的感觉怎样？”

“不要……”

“你喜欢这样，不是吗？”

“请不要这样做！”卢诺弗啜泣着。

“你觉得我姐姐感觉怎样？”

“不要……”

“告诉我！你觉得她这些年感觉怎样？”

“不要……”

“告诉我！你觉得她和你此刻的感觉一样吗？”

“很抱歉，我不知道……我不是……”

“你这个该死的畜生！”瓦尔迪姆在卢诺弗的耳边轻声说，然后干净利索地从左往右割开他的喉咙。他松开手，卢诺弗倒在了地上。鲜血从割口处涌出。瓦尔迪姆站在死者旁边，然后打开前门，消失在黑夜中。

*

埃琳博格静静地听着瓦尔迪姆的陈述，看着他的脸，听着他的语调。他并不后悔这样做。他觉得他像是完成了一项大任务，只有这样，他的心才能重归平静。这持续了两年时间，但现在结束了。埃琳博格觉得他看上去解脱了。

“你后悔自己所做的事吗？”

“卢诺弗该死！”瓦尔迪姆说。

“你把自己当成法官、陪审团和行刑者了吧。”

“他是我姐姐的法官、陪审团和行刑者。”瓦尔迪姆反驳道。“我觉得我对他做的和他对阿黛做的是一样的。我唯一担心的是我可能会丧失勇气。我原以为它很难。我以为我没法给他点颜色瞧瞧。我希望看到反抗，但是卢诺弗是个可怜的胆小鬼。我应该知道大部分男人都和他一样。”

“但是寻找正义有很多其他方式。”

“比如呢？阿黛是对的。像卢诺弗这样的人应该被关个一两年。

如果他们被起诉了，那就对了。阿黛……阿黛告诉我说卢诺弗可能会杀她。这没什么不一样。我不认为我犯了很严重的罪。最终，你做了你想做的。应该做一些事，把事情带到正确的轨道上来。我应该冷眼旁观，听之任之吗？如果我再不解决它，我会受不了的。如果司法体系不管这种破事，你会怎么做？”

埃琳博格想起了妮娜、康拉德和他们的家人，他们的生活已经被毁了。她记得那次在卢诺弗家带有伤感的集合——乌娜和她的家人，留给他们的只有无法言说的伤痛。

对瓦尔迪姆来说，这还不够。

“你计划很久了吗？”埃琳博格问。

“从阿黛告诉我时就有了。她不希望我干任何傻事。她不希望我惹上麻烦。她总是很担心她的弟弟。我不知道你能否理解她所遭受的——在被强暴时以及在之后的几年里所过的日子。这么多年了。真的。阿黛再也回不来了。她不再是我的姐姐，也不再是真正的阿黛。她只是一个空皮囊，一个小丑，逐渐枯萎、逝去。”

“一个无辜的男人和他女儿因为你还被关押着。”埃琳博格说。

“我知道，我觉得很愧对他们。”瓦尔迪姆说，“我一直在关注这个案子，我决定要自首了。我真的不想因为我让无辜的人受伤害。我会自首的。我会去的。还有些事情我需要先处理，前几天我一直在处理那些事。我知道我不会再回来这里了。”

瓦尔迪姆放下扳手。“你怎么知道是我呢？”他问她。

“因为我的丈夫是一名修理工。”

瓦尔迪姆困惑地看着她。

“正被关押的女孩的父亲觉得他在卢诺弗的公寓里闻到了煤油

味。她肯定是你离开后不久就醒来的，因为她父亲到那儿时还能闻到散发在空气中的你衣服上的气味。他以为卢诺弗一定是在用煤油烧什么东西。我在我家里闻到了一股气味，它让我想起了这位父亲所说的煤油味，然后我向这位父亲求证。它闻起来像是一股油味，汽车修理厂里的油味。我立马想起了你—— 一直在他修理店工作的人。我思考了一下卢诺弗的过去和这个村子，还做了一些调查。”

“我穿着我的工作服直接去的雷克雅未克。”瓦尔迪姆说，“那个星期天是阿黛的生日，像是做这件事的适当时间。我觉得没有人会注意到我。我傍晚就出发了，第二天早晨才回来。我没有做任何准备和打算。我不知道我要干什么。我只是穿着我的工作服出发了。我带上了一把旧的直形剃刀。”

“病理学家说割口很光滑，很可能是女性所为。”

“我之前宰过一些牲口。”

“哦？”

“这儿以前有一家屠宰场。秋季把羊圈养起来时，我经常在那儿干活。”

“当人们听说卢诺弗死了的时候，他们认为肯定是两个或者两个以上的人干的？”

“有可能，但是没有人提到我。或许他们觉得已经结案了。”

“你认为卢诺弗的父亲知道他儿子干了这件事吗？”

“他知道。我确定他知道。”

“你前些天告诉我，你去过卢诺弗在雷克雅未克的家。”埃琳博格说，“那肯定是在你了解这起强奸事件之前，是吗？”

“是的。我在市中心偶然遇到他，他邀请我过去。我们是很偶然遇见的。我没有待太久。虽然我们在同一个村子里长大，但是我不是特别了解他……我不喜欢他，说实话。”

“那时他在租房子住？”

“他和一个朋友住。他叫爱德华。”

“爱德华？”

“是的。爱德华。”

“那是什么时候？”

“大概五六年前。”

“你能再准确一点儿吗？几年前？”

瓦尔迪姆想了想。“那是六年前，1999年。那时我在雷克雅未克买了一辆二手车。”

“所以六年前卢诺弗就住在爱德华家？”埃琳博格说。她想起了爱德华的邻居提起的那个房客。

“是的。”

“是在市西边吗？”

“离市中心不远，在干船坞附近。卢诺弗当时在那里工作。”

“卢诺弗在干船坞工作过？”

“是的。他说上大学时在那里做兼职。”

“你见过爱德华吗？”

“没有，卢诺弗只提过他。他取笑他。所以我记得这么清楚——我记得卑鄙的卢诺弗说了他的一些事，那些令我很震惊。他说他是窝囊废，但是卢诺弗是……”

瓦尔迪姆没有说完。埃琳博格拿出手机，就在那时，一辆警车出现在门外。两名穿着制服的警官下了车。埃琳博格看着瓦尔迪姆。

他犹豫了，看了看周围，将结了老茧的手放在拖拉机座位上，瞥了一眼半开的工具柜。

“我要一起走吗？”他问。

“我不知道。”埃琳博格回答。

“我不后悔我干的事。”瓦尔迪姆说，“绝不后悔！”

“好吧！”埃琳博格说，“让这一切赶紧结束吧！”

## 34

爱德华在审讯室里坐了七个小时，在这期间，警察把他家搜了一遍，但没有结果。埃琳博格反复问卢诺弗寄宿在他家的时间段，不久爱德华便承认他在卢诺弗找房子时让他短暂住过。那时也是莉娅失踪的时间。爱德华还证实了卢诺弗那时在干船坞工作，离家很近，但是他说他不知道莉娅是否来过他家并见过卢诺弗。他说他也不知道卢诺弗有没有伤害那个女孩——他自己肯定没动过她一根毫毛。

“你载莉娅去了雷克雅未克吗？”

“没有。”

“你载她到购物中心吗？”

“没，我没有。”

“你和莉娅在去市里的路上说了什么？”

“我没有载过她去任何地方。”

“她当时要给她外公买生日礼物，她没有提起过吗？”

爱德华沉默了。

“你们还谈了什么？她说过要来你家吗？”

爱德华摇摇头。

“你有没有把她载回阿克拉内斯？”

“没有。”

“你为什么载女大学生去雷克雅未克？你想干什么？”

“我没有。”

“我们知道你有——至少有一次。”

“这不是真的。她在撒谎。”

“是卢诺弗让你载莉娅的吗？”

“没有。我从来没有载过她。”

“你听卢诺弗说起过莉娅吗？”

“没有，从来没有。”

“你对他说起过莉娅吗？”

“没有。”

“你是在家杀了莉娅的吗？”

“没有。她从来没有到过我家。”

“那段时间卢诺弗有没有什么异常行为？”

“没有。他一直都那样。”

“你建议过莉娅购完物以后可以来你家玩吗？”

爱德华没有回答。

“她有理由去你家吗？”

爱德华还是没有回答。

“她知道你住在哪里吗？”

“她可以很容易地在电话簿里查到我家地址。我不知道。”

“卢诺弗在你家杀了莉娅吗？”

“没有。”

“他在干船坞上处理了她的尸体吗？”

“干船坞？”

“嗯，他那时工作的地方。”

“我不知道你要说什么？”

“你有帮他处理尸体了吗？”

“没有。”

“你觉得卢诺弗和她的失踪有关吗？你想过这个问题吗？”

爱德华犹豫了。

“你怀疑……”

“我不知道莉娅发生了什么。什么都不知道。”

埃琳博格审问了埃德华几个小时，但是没有任何结果。

她没有铁证来证实她的猜想——六年前，莉娅在爱德华家被卢诺弗杀了。而且，即使她的猜测是对的，爱德华也可能不知情。他可能在撒谎，但是这很难证明。

前一天，埃琳博格把瓦尔迪姆带回了雷克雅未克，并关押了起来。康拉德和妮娜被释放了，一家人在埃琳博格的办公室里团聚了。大儿子之前也从圣弗朗西斯科回来了。团聚并不快乐：妮娜仍认为自己杀了人，很痛苦，虽然她和父亲被无罪释放，但她还是要克服她心理上的恶魔。

“我认为你应该见见一个人。”埃琳博格说，“她叫乌娜。”

“她是谁？”

“她会懂你的。我确定她也想见你。”

他们握了握手，然后各自分开。“有空的时候联系我，我会安排你们见面的。”埃琳博格说。

她押送完爱德华后上了她的车。她没有回家，而是去了位于辛霍特街的卢诺弗家。她有这公寓的钥匙。不久以后房子就要归还房东，新的房客会搬进来。她一边开车，一边想起了埃伦迪尔：那天早晨她接到了一个令人不安的电话。

“是埃琳博格吗？”一个疲惫的男人的声音说道，“有人要我告诉你。有一辆租赁车停在这里的墓地外面。”

“哪儿？”

“埃斯基菲约泽这里。墓地外面停着一辆车。车里没人。”

“和我有什么关系呢？”埃琳博格问。

“我打电话问过了，这是一辆租赁车。”

“嗯，你说了。你和一名警察在那里吗？”

“抱歉——我有这样说吗？有人雇我告诉你。”

“谁？”

“租车那人叫埃伦迪尔·斯文松。”

“埃伦迪尔？”

“租赁公司说他叫埃伦迪尔·斯文松？”

“嗯，他是叫这个名字。”

“你知道他在这里干什么吗？”

“不知道。”埃琳博格说，“两周前他就去那儿了。他说他要去东峡湾，我就只知道这些。”

“我知道了。车子已经在这里停了好一会儿了，就停在墓地门口，所以我们得开走它，但是我们找不到车主。我的意思是，这不要紧，但我觉得应该核实一下，因为车子被留在这里——这里是墓地。”

“很抱歉。我帮不上你们的忙。”

“没事，嗯，别介意。谢谢你！”

“再见！”

埃琳博格打开卢诺弗公寓的厨房、客厅和卧室里的灯。她想着来自埃斯基菲约泽的电话，但是又不知如何是好。

犯罪现场不能碰。现在，埃琳博格完全清楚那晚发生了什么：妮娜是如何被带到这里的；急于报复的瓦尔迪姆在强奸行为发生期间来到了卢诺弗家；康拉德是如何到达案发现场，发现女儿处于困惑和绝望之中。埃琳博格拿不定主意：卢诺弗活该吗？她不是特别相信这种理想的赏罚。

埃琳博格对她要找的线索只有模糊的想法；虽然她对能找到什么不抱有希望，但是她觉得值得一试。法医已经仔细搜查了卢诺弗的家，但是埃琳博格还想找些另类的证据。

她从厨房开始找，她打开每一个抽屉和柜子，检查锅碗瓢盆。她搜查了冰箱和冷冻柜，里面有一盒香草口味的冰激凌，然后翻看了进门处的小衣柜，打开保险丝盒盖子，拍打镶木地板，查看每一个隐藏的角落。她翻了一遍客厅，把椅子倒过来看，挪开所有的坐垫，仔细检查架子上每一寸地方。她检查了卢诺弗收集的超人模型，并用力摇了摇。

在卧室里，她搬起床垫，搜了两个床头柜，然后打开衣柜，拿出衣服，检查完每一件衣服后才把它们扔到床上。她把鞋子放在地板上，进到衣柜里去，并拍了拍衣柜四周和底面。她想象着这个死者，一个魔鬼像一条黑暗之河一样从他的尸体里流淌过——既冷酷又无情。

埃琳博格花了很长时间搜寻了公寓里的每一寸地方。搜寻结束时已经半夜了。

她没有任何发现。

阿克拉内斯女孩失踪案仍然没有任何线索。

# 35

埃琳博格挨着泰迪躺了下来，努力让自己睡着。她的思绪渴望平静下来，但她一直觉得很痛苦、很悲伤。

“睡不着吗？”泰迪在身边小声问。

“你还没睡啊？”她诧异地问。

“因为你回家了，太高兴了！”泰迪说。

埃琳博格吻了吻他，搂着他。她知道这一晚仍是一个不眠夜。

她想起了西奥多拉。

“你是干什么的，妈妈？”

这个天真的问题又带来了另一个更重要的问题：她的小女儿越来越清楚地意识到这个世界很害怕。她可能会问妈妈：“我正生活在一个怎样的世界里呢？”

埃琳博格闭上眼睛。

她想象着阿黛从河流的空洞里蹒跚着出来，惊慌地四处张望，害怕强奸犯会再次回来侵害她。社区中心的舞会上人们继续跳着舞。

而此刻，她只想赶紧回家，不再见任何人。她也不想被看见，不想有人知道。她不想告诉任何人他的恶行。她到家时锁门关窗，在厨房里来回晃荡了几次，试图消除心里的恐惧。她啜泣着，全身发抖，又哭了。

埃琳博格把头埋进枕头里。

*

她听到远处传来一阵轻轻的敲门声，看见一个小拳头抬起，再次敲了敲门，但这次敲得更用力了。她看见莉娅正站在爱德华家的门阶上。卢诺弗出现在门口。

“哦，”莉娅说，“这不是爱德华的家吗？”

卢诺弗对她笑了笑。他瞥了一眼四周，确认她是否是一个人，街道上有没有人看到他们。

“是的，他一会儿回来。你想进来等他吗？”

她犹豫了。“我要去……”

“他随时可能回来。”

莉娅望向大海。她可以通过海湾看到阿克拉内斯。莉娅一直习惯于相信别人。她受到良好的教育，是个有礼貌的姑娘。

“请进来！”卢诺弗说。

“好吧。谢谢！”她说。

埃琳博格看着他们身后的门慢慢地关上，并知道那扇门将永远不会再打开了。这时，睡意来袭。